Les Affreux

1. Le Congrès des laids

Catalogage avant publication de Bibliothèque et Archives nationales du Québec
et Bibliothèque et Archives Canada

Flores, Lucía, 1960-
      Le congrès des laids
      2e éd.
      (Caméléon)
      (Les affreux)
      Éd. originale: c2001
      Pour les jeunes de 10 ans et plus.

      ISBN 978-2-89647-033-4

      I. Titre. II. Collection: Caméléon (Hurtubise HMH (Firme)).

PS8561.L666C66 2007   jC843'.6   C2007-941598-9
PS9561.L666C66 2007

Les Éditions Hurtubise HMH bénéficient du soutien financier des institutions suivantes
pour leurs activités d'édition:
-     Conseil des Arts du Canada;
-     Gouvernement du Canada par l'entremise du Programme d'aide au développement de l'industrie
      de l'édition (PADIÉ);
-     Société de développement des entreprises culturelles du Québec (SODEC);
-     Gouvernement du Québec par l'entremise du programme de crédit d'impôt pour l'édition de
      livres.

Conception graphique: fig. communication graphique
Illustration: Philippe Germain

Copyright © 2001, 2007
Éditions Hurtubise HMH ltée
Téléphone: (514) 523-1523 - Télécopieur: (514) 523-9969
www.hurtubisehmh.com

ISBN 978-2-89647-033-4

Distribution en France
Librairie du Québec/DNM
www.librairieduquebec.fr

Dépôt légal/3e trimestre 2007
Bibliothèque et Archives nationales du Québec
Bibliothèque et Archives du Canada

Imprimé au Canada

Lucía Flores

Les Affreux

1. Le Congrès des laids

caméléon 10 à 12 ans

« Quand j'écris une histoire, c'est comme si je partais en voyage. Un monde prend forme avec ses rues, ses arbres et ses personnages. Et les mots viennent en espagnol ou en français, deux langues qui sont en moi depuis mon enfance.

Un jour, pendant que mes étudiants faisaient un examen d'espagnol – je suis professeure –, j'ai commencé à écrire cette histoire. Un petit garçon est apparu sur ma page blanche. Peut-être à cause de ce fameux examen, je l'ai vu vivre en espagnol.

Aujourd'hui, je vous offre ce livre en français. Quand une histoire change de langue, la musique des mots n'est plus la même. Je remercie Aubert Tremblay d'avoir cherché avec moi cette musique. »

Il s'agit du premier roman de **LUCÍA FLORES**.

À Thalie et Béatrice,
mes magiciennes

À Aubert,
parce qu'il croit en mon imagination

À Anne,
une admiratrice de Foufou la sorcière

1

Tout ça pour un triangle

Je m'appelle S et je suis l'enfant le plus laid du monde.

S, parce que vous ne saurez pas mon nom même si je vivais cinq mille millions d'années.

Et pour vous prouver que je suis le plus laid du monde, je peux vous montrer mon trophée. Je l'ai gagné dans un concours et, croyez-moi, ça n'a pas été facile.

Tout a commencé quand ma mère m'a surpris dans la salle de bain en train de faire quelque chose de terrible. J'avais dans la main une de ces paires de ciseaux que les adultes ne nous laissent pas utiliser parce qu'ils sont très, très coupants, très, très dangereux, et autres très, très du même genre.

Ma mère n'a rien dit. Elle a seulement ouvert grand les yeux et la bouche, immobile comme une statue.

C'est que j'essayais de me couper le nez.

Je pense que ma mère a cru que j'allais me le couper en entier, mais jamais je n'aurais fait quelque chose comme ça. Non. Je voulais simplement me couper un triangle de nez.

(Ceux qui ne savent pas ce qu'est un triangle, imaginez une part de pizza sans le côté arrondi.)

C'est parce que mon nez a un triangle de trop. À l'école, il y a des enfants qui me traitent de gros-nez et de face-à-poignée et qui me donnent d'autres surnoms que je préfère ne pas répéter. Ce n'est pas tout : ils m'appellent aussi tête-à-parenthèses parce que mes oreilles sont presque aussi grandes que celles de Dumbo, je crois, même si c'est difficile de le savoir sans les mesurer.

Ma mère m'a arraché les ciseaux des mains, affolée. Bien sûr, elle voulait sauver mon nez, mais ce qu'elle ne saura jamais, c'est qu'elle sauvait aussi mes oreilles qui étaient l'étape numéro deux de mon plan *tranchistique**. Ensuite, elle s'est assise sur le bord de la baignoire, le visage tout rouge et respirant très fort, comme quelqu'un qui vient d'échapper à un grand danger.

L'épisode du bain a changé ma vie, mais pas pour le mieux. D'abord, mes parents m'ont supprimé le dessert et la bicyclette pendant une semaine. Ensuite, ils m'ont parlé de ce qui aurait pu m'arriver ce fameux jour des ciseaux, et ce qu'ils m'ont dit était si terrible que j'ai fait des cauchemars pendant trois jours. Le pire de tout, c'est qu'ils m'ont obligé à aller voir chaque semaine une femme qui s'appelait Ricotta, ou quelque chose du genre, qui me faisait jouer avec des poupées (oui, oui, je vous le jure !) et leur parler comme si elles avaient été vivantes.

* Mot inventé, dérivé du verbe trancher.

Un jour, madame Ricotta m'a demandé ce que j'avais contre mes oreilles et mon nez. J'ai crié :

— Comment ? Vous êtes aveugle ? Vous ne m'avez pas regardé ?

Et j'ai lancé de toutes mes forces ses horribles poupées de bébé au plafond, rouge de colère.

Madame Ricotta a aussitôt décroché le téléphone :

— Code 452.

Pendant que je faisais ma crise, deux colosses m'ont agrippé et enfermé dans une pièce où il n'y avait rien de rien, juste quatre murs blancs, et ils m'ont averti que je ne sortirais de là qu'une fois calmé.

Bien entendu, je me suis calmé très vite, et mes parents sont venus me chercher en me regardant comme s'ils avaient peur de moi.

2

Le congrès, jour 1

C'est après cet épisode que Ricotta a appelé ma mère pour m'inviter à un congrès.

Un congrès c'est un peu comme l'école, mais ça dure seulement quelques jours. Ceux qui y vont écoutent des discours ennuyeux, boivent du café, achètent des livres ou jouent aux professeurs. Il y a des gens de partout dans le monde, ce qui fait que dans l'ascenseur on entend des conversations avec des sons qui ressemblent à *watchi watchi kirimoto,* tellement drôles qu'on dirait des blagues racontées avec tous les mots à l'envers.

Je sais tout ça parce que j'y suis allé, finalement, au congrès de Ricotta. Elle avait expliqué à mes parents que c'était pour les personnes qui souffrent de « dysfonctionnement estimatoire personnel » ou quelque chose du genre. En fait, je n'ai rien compris, mais quand je suis arrivé avec ma mère devant l'édifice du congrès, il y avait un écriteau sur lequel on pouvait lire : « *Bienvenue au congrès des laids* ».

Bon, en fait, au début je n'ai lu que : « *Bienvenue au congrès des* », parce que ma mère, soudain nerveuse, s'est mise à pointer le ciel où on ne voyait qu'un petit nuage gris tout maigre.

— Oh ! Regarde !

— Où ça ?

Ma mère s'est mise à marcher très vite.

— Non, rien. J'avais cru voir des feux d'artifice, mais je pense que je me suis trompée.

Pauvre maman, l'imagination lui a vraiment manqué. Comme s'il pouvait y avoir des feux d'artifice en plein jour et sans la moindre petite explosion. J'ai compris que tout ce qu'elle voulait, c'était m'éloigner de l'écriteau. Alors j'ai lâché sa main, je suis retourné sur mes pas en courant pour lire les mots affichés et j'ai regardé ma mère :

— Ce n'est pas grave, maman, je sais très bien que je suis laid.

Elle s'est alors penchée et m'a pris dans ses bras pour murmurer ce que des millions de mères auraient dit dans les circonstances :

— Pour moi, il n'y a pas d'enfant plus beau, plus intelligent et plus sensible que toi.

Après cette scène sentimentale qui m'a fait rougir parce que je sentais que le monde entier nous regardait, on est arrivés devant un édifice décoré de banderoles. Dans l'escalier de l'entrée, les personnes les plus hallucinantes que j'aie jamais vues discutaient joyeusement.

Il y avait là des visages à trois yeux, des nez en forme de chou-fleur, des hommes à peau de crocodile et queue de souris, et une infinité de sorcières de toutes sortes qui avaient l'air de sortir d'un livre de contes. J'ai vu aussi des femmes à barbe et moustaches avec des bébés qui ressemblaient à Frankenstein en personne, et un homme avec six pieds et six souliers de couleurs différentes qui parlait à un monstre terrifiant.

Quand ma mère et moi on s'est approchés du comptoir des inscriptions, une femme aux dents noires et aux yeux tournoyant dans leurs orbites comme des poissons dans un aquarium nous a accueillis avec beaucoup d'enthousiasme. Mais après nous avoir bien regardés tous les deux, elle est devenue sérieuse et a précisé à ma mère :

— L'enfant peut rester, mais pas vous. Le règlement est formel : le congrès est exclusivement réservé aux laids.

Bien sûr, ma mère a insisté. Elle s'est mise à faire des grimaces comiques qui lui donnaient l'air d'un bouledogue souffrant de crampes d'estomac et elle s'est défait les cheveux jusqu'à ce qu'ils ressemblent à un fil barbelé enroulé sur un nid de guêpes. Mais il n'y avait rien à faire. Elle a dû se rendre à l'évidence : elle n'était pas laide et elle ne le serait jamais. N'importe qui d'autre s'en serait réjoui, mais pas elle, parce qu'elle avait peur de me laisser tout seul dans cette galerie de monstres.

Enfin, il a bien fallu se dire au revoir, elle avec sa peur et moi avec mes poches pleines des numéros de téléphone des membres de ma famille, de la police et des pompiers en cas d'urgence. Bien entendu, j'ai aussi eu droit aux recommandations maternelles d'usage, comme ne pas manger les bonbons trouvés par terre et ne pas parler aux étrangers.

Une fois seul, je me suis mis à marcher, un peu désorienté, en regardant tous ces gens hors du commun. Puis, je suis entré dans une pièce où beaucoup de personnes attendaient, assises devant une scène. Après quelques minutes, un homme sans tête s'est approché du micro et a sorti de sa poche une sorte de yoyo. Il l'a lancé en l'air, le fil s'est tendu et tout au bout est apparu un globe avec des yeux, un nez et une bouche qui s'est mis à flotter comme un ballon. C'est seulement alors que l'homme a pu prendre la parole, en s'éclaircissant la voix.

— Mesdames et messieurs, soyez les bienvenus au troisième congrès des laids.

Une volée d'applaudissements lui a répondu. Les gens paraissaient heureux d'être là et beaucoup se donnaient des accolades ou s'embrassaient comme s'ils se connaissaient depuis toujours.

Je n'ai pas entendu le discours de l'homme au yoyo parce que je suis sorti marcher dans le corridor. Je commençais à penser qu'après tout, je n'étais pas si laid que ça. Au moins, j'avais une vraie tête et mes yeux ne s'amusaient pas à faire des pirouettes comme ceux de la femme aux dents noires. Et comme je ne suis pas idiot non plus, je me rendais bien compte que c'était exactement ce que voulait Ricotta : me faire voir qu'il y a toujours des gens moins chanceux que soi. Non ?

C'est comme ça que, de réflexion en réflexion, je me suis retrouvé devant plusieurs portes fermées comme celles des classes de mon école. Sur chacune il y avait une lettre et, bien sûr, j'ai choisi le S à cause de mon nom (non, vous ne le saurez pas, n'insistez pas) et je suis entré.

C'était une classe de sorcières. Il y avait là des sorcières ordinaires avec leur peau verte et leurs chapeaux noirs, mais aussi d'autres qui avaient de grandes robes vaporeuses et un visage maléfique. Au fond de la classe, quelques femmes très laides mais aux yeux rieurs m'ont fait des signes pour que je m'assoie près d'elles. Elles avaient l'air tellement inoffensives et sympathiques que j'avais envie de m'asseoir sur leurs jupes et me laisser bercer. Mais j'ai compris qu'elles étaient comme les autres quand elles se sont levées pour chanter un hymne qui ressemblait à ceci : « Nous serons toujours sor-, toujours sor-, toujours sorcièèèèères. »

J'étais tellement intrigué par les sorcières assises à leur pupitre que je n'avais même pas pris le temps de regarder celle qui jouait le rôle du professeur. Quand je l'ai fait, j'ai dû mettre ma main sur ma bouche pour ne pas crier d'épouvante. Souvenez-vous de vos pires cauchemars, de la sorcière la plus horrible du plus atroce des contes et vous serez encore loin de celle que j'ai vue de mes propres yeux.

C'était une sorte de gélatine ambulante avec les yeux en forme de tire-bouchon et une bouche immense pleine de dents pointues comme des couteaux. Elle portait une tunique blanche comme celle des fantômes et, en guise de cheveux, sa tête était recouverte de plumes de corbeau.

En la voyant, je me suis levé, parce que ma première réaction a été de m'enfuir en courant. Mais comme ma chaise a cogné contre le mur avec un bruit qui a résonné dans toute la classe, les sorcières m'ont regardé avec colère en faisant : «CHHHHHHH...» J'ai alors décidé de me rasseoir et d'écouter ce que racontait, entre deux rires, la monstrueuse maîtresse.

Elle s'appelait Foufou et était très connue à Carichouelle, la ville où elle vivait. Chaque fois que les adultes de cet endroit voulaient faire peur aux enfants, ils les menaçaient de les laisser à la porte de la cabane de Foufou, où chaque jour on entendait des hurlements de loups et des bruits de chaînes qui s'entrechoquaient.

— Le premier enfant, hi hi, que j'ai trouvé devant ma porte, hi hi, était mort de peur et pleurait. Mais après quelques heures, hi hi, quand ses parents sont venus le chercher, il a pleuré encore plus fort parce qu'il ne voulait plus partir, hi hi hi hi hi hi hi.

Foufou a alors fait entrer un enfant qui s'appelait Camille et qui avait passé toute une journée dans sa cabane parce qu'il s'était mal comporté.

— Ça a été la plus belle punition de ma vie, a-t-il raconté.

Il nous a assuré que derrière cette géla-tine visqueuse et ces yeux en tire-bouchon, il y avait une personne très très gentille qui cachait des bonbons délicieux dans les poches de sa tunique.

— Ce jour-là, dans la cabane de Foufou, j'ai voyagé sur un tapis volant et j'ai fait de la plongée dans un étang plein de poissons de toutes les couleurs. J'ai aussi vu mon film préféré, celui du pirate Rocabrini, plus de vingt fois. J'ai mangé des millions de biscuits au chocolat, j'ai bu un jus grand comme une piscine et j'ai fait des bulles de savon énormes qui flottaient en l'air pendant des heures sans se briser. Et personne ne m'a empêché de m'amuser avec le boyau d'arrosage, de dessiner sur les murs blancs ou de jouer avec beaucoup d'autres choses que je n'ai même pas le droit de toucher chez moi.

À la fin de ce jour inoubliable, Foufou avait sorti de sa tunique une montagne de bonbons au chocolat. Pendant que Camille les mangeait, la sorcière lui avait fait promettre de ne jamais dire à ses parents à quel point il s'était amusé.

L'enfant a tenu sa promesse, mais à l'école on a su très vite que le bonheur ne pouvait pas être possible sans passer un jour dans la cabane de Foufou.

— Mes compagnons de classe se sont mis à mal se comporter, pire que jamais, et leurs parents ne savaient plus quoi faire pour les punir. Plusieurs se sont retrouvés devant la cabane de Foufou. Bien sûr, ils ont pleuré de toutes leurs forces pour ne rien laisser paraître, mais au fond ils étaient très contents parce qu'ils avaient obtenu ce qu'ils voulaient. Aujourd'hui, les enfants de Carichouelle adorent les punitions grâce à Foufou la sorcière.

Toutes les sorcières ont applaudi et moi aussi, bien entendu. Pendant que Foufou remerciait Camille pour son témoignage, j'ai commencé à penser que la tête de la fameuse sorcière n'était pas si horrible qu'elle m'avait d'abord paru et un doute a traversé mon esprit : les sorcières ne sont-elles pas toutes méchantes ?

— Bien sûr que non. Nous pouvons être méchantes pour certaines personnes et bonnes pour d'autres, m'a répondu une sorcière squelettique perdue dans une immense robe verte.

Je l'ai regardée le souffle coupé, parce que je n'avais pas ouvert la bouche et je ne comprenais pas comment elle pouvait me parler comme ça, tout naturellement.

— Foufou est gentille avec les enfants, mais avec les parents, quel cauchemar !

Elle avait raison, au fond. J'ai commencé à me demander si moi aussi, je pouvais être bon pour les uns et mauvais pour les autres. Comme la réponse n'était pas simple, je suis sorti de la classe, songeur.

Dans le corridor, je n'ai pas eu le temps de penser à quoi que ce soit parce que des cris terribles m'ont fait frémir. Ils venaient d'une des classes, celle dont la porte affichait la lettre C. J'ai jeté un coup d'œil par le trou de la serrure et j'ai vu une sorte de gorille qui criait comme si on le massacrait, et comme sa voix était caverneuse, le résultat aurait glacé le sang de n'importe qui. De temps en temps, il arrêtait de crier pour écrire au tableau. C'est pendant un de ces instants de calme que je suis entré et que je me suis installé au fond de la classe, intrigué.

Les gens assis aux pupitres étaient des laids de toutes catégories qui écoutaient très attentivement le professeur. Celui-ci décrivait une façon originale de terroriser les gens et écrivait au tableau les heures les plus propices, les lieux les moins fréquentés et l'intensité idéale des cris.

— Être laid n'est pas une honte, répétait-il. Nous pouvons utiliser notre laideur comme une arme pour faire peur aux autres. Criez avec moi : AAAAAAH-OOOOOHHHAAAAH !

J'ai dû me boucher les oreilles parce que le bruit était insupportable. Quand le gorille a enfin demandé le silence, une main s'est levée au fond de la classe.

Tous les yeux se sont tournés vers son propriétaire.

C'était un enfant, ou du moins il en avait l'air. Il avait une petite voix claire et des mains qui ressemblaient aux miennes, mais son visage était caché derrière une passoire comme celle qu'utilise ma mère pour les nouilles, et son corps était enveloppé d'un tapis d'osier. On ne voyait que ses pieds. Il a alors posé une question.

— À quoi ça sert, de faire peur aux gens ?

D'après la réaction de la classe, c'était comme demander à quoi ça servait de respirer.

— Qui es-tu ? a vociféré le gorille.

— Escrimidès Ferrizarriéga, mais à la maison on m'appelle Fierritos.

Son nom a ébranlé l'assistance comme un tremblement de terre. « Fierritos, l'enfant le plus laid du monde », murmurait-on.

— Tu es bien celui qui a gagné le trophée du concours de l'an dernier ? a demandé le professeur, le visage tout près de la passoire.

— Et aussi il y a deux ans. Alors à quoi ça sert, de faire peur ?

Son insistance a provoqué les réactions les plus diverses. Certains riaient de sa naïveté et lui disaient qu'il allait devoir grandir un peu avant de revenir au congrès. D'autres étaient furieux et le traitaient d'insolent. Les plus compréhensifs lui demandaient s'il n'avait jamais entendu parler du docteur Markus, de l'Université de Fogurie, le plus célèbre spécialiste en cris de terreur de la planète. Le gorille, lui, a préféré ignorer la question et a poursuivi en s'adressant cette fois à toute la classe :

— Le monde appartient à ceux qui dominent les autres, beaux ou laids. La laideur donne beaucoup de pouvoir quand on apprend à s'en servir contre son prochain.

Pendant ce temps-là, j'étais distrait. Je regardais Fierritos. Quelque chose en lui m'intriguait et je voulais le connaître un peu mieux. Comme le gorille m'ennuyait passablement, j'ai sorti de ma poche un bout de papier avec les numéros de téléphone de ma mère et j'ai écrit :

« Je veux te parler. Je t'attends dehors. » Discrètement, j'ai laissé mon message sur son pupitre et j'ai profité d'un moment où tout le monde parlait en même temps pour sortir dans le corridor.

3

Fierritos

Je ne sais pas combien de temps je suis resté devant la classe du gorille. La porte s'est enfin ouverte et le dernier à sortir a été Fierritos. Il marchait très lentement à cause du tapis autour de ses jambes. Comme il avait l'air de chercher quelqu'un, je lui ai fait des signes de la main et quand il m'a vu, il a dit :

— Tu as laissé tomber ça.

Et il m'a remis mon papier.

— C'est pour toi. Je t'ai écrit un message. Tu ne l'as pas lu ?

— Je ne sais pas lire.

Rencontrer un enfant aussi grand que moi, qui devait avoir mon âge et qui ne savait pas lire était aussi étrange que de croiser un extraterrestre.

Pendant qu'on marchait très lentement dans le corridor, j'ai appris plusieurs choses au sujet de Fierritos. Il était le fils unique de sa mère, une femme très riche qui l'avait élevé seule. De son père, Fierritos ne savait presque rien parce que sa mère n'aimait pas en parler. Elle lui avait seulement dit qu'il s'appelait Ruiz et qu'il était parti pour un autre pays dont il ne reviendrait jamais.

Même sans père, Fierritos n'avait jamais manqué de rien. Il lui suffisait de montrer un soupçon d'intérêt pour un jouet, du plus petit au plus grand, pour que sa mère le lui achète. Dans son jardin, il y avait un château médiéval avec de vrais chevaux, une forêt qui reproduisait la jungle de Tarzan et même une plage privée avec des coquillages venus des endroits les plus exotiques du monde. Chaque matin, Fierritos se réveillait au son des orchestres les plus prestigieux et, à l'heure du déjeuner, trois cuisiniers lui préparaient ce dont il avait envie. Pendant qu'il déjeunait, les célèbres clowns Ronco et Ranco, du merveilleux cirque de Biélopie, faisaient leurs numéros juste pour lui.

Fierritos savait voler dans un avion privé, jouer du violoncelle, escalader des montagnes, faire de la plongée dans l'océan et chasser le tigre, mais jamais, jamais il n'était allé à l'école. Sa mère ne voulait pas qu'il soit en contact avec d'autres enfants parce que, malgré tout son talent, il était très laid.

— Les enfants sont cruels et ils ne te comprendront jamais, expliquait-elle. Si tu veux, j'engage les meilleurs professeurs du monde pour qu'ils t'enseignent à lire et à écrire.

Fierritos avait toujours refusé. Tout ce qu'il voulait c'était être un enfant normal, aller à l'école et avoir des amis de son âge.

Il avait inventé mille stratagèmes pour la faire changer d'idée : colères insupportables qui duraient des heures, grèves de la faim pendant lesquelles il ne mangeait que la glace de son verre d'eau, pleurs déchirants et fugues au milieu de la nuit. Il n'y avait rien à faire : sa mère était une femme de convictions et disait savoir ce qui était le mieux pour lui. Quand finalement Fierritos est tombé malade de désespoir, le vieux docteur Rodríguez a conseillé à sa mère de l'envoyer au congrès des laids.

— C'est une sorte d'école, et comme tous ceux qui y vont sont laids, personne ne se moquera de Fierritos.

Personne ne s'est moqué de Fierritos, en effet, mais personne ne lui a offert son amitié non plus. Et il a dû se présenter au concours du plus laid du monde, comme doivent le faire tous ceux qui vont au congrès. Au moment du vote, les cinq juges ont été d'accord pour lui donner le trophée.

Quand il a compris qu'il n'était pas seulement laid pour son miroir mais aussi pour les autres, Fierritos a décidé qu'il retournerait au congrès l'année suivante. Son idée était de ne pas gagner le trophée cette fois. S'il pouvait prouver à sa mère qu'il y avait des gens plus laids que lui, il aurait une chance de la convaincre de le laisser aller à l'école.

Il s'est donc entraîné pour ne pas gagner. Pendant des heures, il se regardait dans un miroir en s'exerçant à sourire, en se mettant du gel dans les cheveux et de la crème sur les petits points rouges qui couvraient tout son corps. Chaque matin, il faisait des exercices pour développer les muscles de ses bras et de ses jambes. Quelques jours avant le concours, il a même fait acheter par sa mère les vêtements les plus fins et élégants qu'il n'ait jamais eus.

Malgré tous ses efforts, c'est encore lui qui a gagné.

« La troisième fois sera la bonne », a décidé Fierritos. Sans se plaindre, il a commencé à s'entraîner pour le concours suivant.

— Et la troisième fois, c'est celle-ci, m'a-t-il expliqué pendant qu'on marchait dans le corridor.

Il ne m'avait pas encore parlé de sa passoire et de son tapis, mais j'ai senti qu'il était encore trop tôt pour aborder le sujet.

Après son récit, Fierritos s'est enfermé dans un profond silence, et moi aussi. La vérité, c'est que je ne savais pas quoi lui dire, mais je sentais sa détermination et j'admirais son courage. Je lui ai donc proposé d'être son ami.

Je suis certain qu'aucun d'entre vous n'aurait réagi comme lui.

Il s'est arrêté sec et m'a regardé (je crois, du moins, parce que la passoire était juste en face de mon visage). Ensuite, il a respiré très profondément et avec un tout petit filet de voix, il m'a demandé :

— Tu te moques de moi ?

Il m'a fallu un certain temps pour le convaincre que j'étais sincère, que j'étais fatigué d'errer tout seul au congrès et que je croyais qu'on pourrait bien s'entendre.

Quand Fierritos a enfin compris que ce n'était pas une blague, il a dû s'asseoir, terrassé par l'émotion. Pensez-y : jamais il n'avait eu d'ami et il ne s'attendait pas à en avoir un si facilement! Sans un mot, on s'est serré la main très fort. Ensuite, pour fêter notre nouvelle amitié, on s'est approchés d'un homme qui vendait des cornets de crème glacée et on lui en a demandé deux gigantesques, enrobés de chocolat. On était heureux comme deux dauphins au beau milieu de l'océan.

Manger de la crème glacée enrobée de chocolat sans qu'elle fonde ou qu'elle tombe n'est jamais facile. Imaginez que vous ayez à en manger avec une passoire sur la figure! Fierritos le faisait assez bien, mais ça me rendait triste de le voir faire des contorsions. J'ai pris une grande décision à ce moment-là : j'allais aider mon ami à souffrir moins en amenant le reste du monde à mieux le comprendre.

Après les cours, Fierritos et moi avons parlé sans arrêt pour nous connaître. Bien sûr, j'ai dû lui raconter mon aventure avec les ciseaux et lui décrire les poupées de bébé avec lesquelles Ricotta me faisait jouer. Comme il me disait : « En te regardant bien, je pense que tu n'es pas si laid que ça », j'ai dû lui parler de l'école et des enfants qui riaient de mon nez et de mes oreilles. Fierritos avait l'air un peu déçu :

— Ma mère a donc raison. Les enfants sont cruels à l'école.

Je lui ai expliqué qu'il y avait bel et bien des enfants qui se moquaient des autres, mais que j'avais quand même deux bons amis, Ignace et Nicolas, qui étaient dans ma classe et qui n'avaient rien de cruel. Qu'à l'école, comme dans la vie, il y avait des gens bien et des gens pas très aimables. Et que ça ne me paraissait pas une bonne idée que sa mère l'empêche de le découvrir.

Il m'a regardé en silence, et dans un élan j'ai lancé :

— Je vais t'aider à convaincre ta mère de te laisser aller à l'école.

Fierritos a ri et m'a averti que ce serait plus difficile que de faire pousser des marguerites en plein désert. J'ai alors répliqué :

— J'ai un plan.

En réalité, je n'en avais pas, mais j'avais confiance en mon imagination pour en improviser un. Pendant que je cherchais quelque chose d'intelligent à ajouter, la mère de Fierritos est venue le chercher. On s'est entendus pour se retrouver le lendemain devant la porte.

J'ai marché jusqu'à l'entrée et j'ai vu ma mère qui me regardait anxieusement.

— Comment s'est passée ta journée ? m'a-t-elle demandé après m'avoir serré fort dans ses bras.

Elle ne m'a pas laissé le temps de répondre et m'a dit qu'elle s'en voulait de m'avoir laissé seul au congrès, que ce n'était pas un endroit pour un enfant et que je ne devais pas croire un mot de ce que j'y avais entendu. Alors j'ai dû tout lui raconter, lui expliquer que Fierritos avait besoin de moi et que j'étais son seul ami.

Ma mère a souri, soulagée, et j'ai compris que le jour suivant, elle me ramènerait au congrès.

4

Le plan A et le plan B

J'ai passé une nuit très agitée. Je cherchais le moyen de convaincre la mère de Fierritos de le laisser aller à l'école.

Ma première idée a été de lui écrire une lettre pour lui faire part de mon opinion. Ensuite, j'ai pensé organiser une rencontre avec elle pour lui expliquer que son fils souffrait beaucoup de ne pas être comme les autres. Mais je doutais que ces deux méthodes puissent donner des résultats parce que la mère de Fierritos semblait vraiment convaincue de faire ce qui était le mieux pour lui. Ce n'était pas une bonne stratégie de lui montrer qu'elle se trompait, il y a des gens qui ne peuvent pas le supporter.

Après avoir beaucoup réfléchi, j'ai eu une meilleure idée : je devais gagner le concours. Si je réussissais, tout l'entraînement de mon ami aurait servi à quelque chose. En plus, comme Fierritos le disait lui-même, sa mère pourrait espérer que les autres enfants l'acceptent et alors elle l'enverrait peut-être à l'école. Ce n'était pas la solution du siècle, mais ça valait la peine de l'essayer.

Il était très tard et il faisait noir, mais je me suis quand même levé d'un bond et j'ai allumé la lumière pour me regarder dans le miroir. Est-ce que je pouvais réellement gagner le concours des laids ? Bien sûr, j'avais un nez avec un triangle de trop et des oreilles comme celles de Dumbo, mais je n'étais pas certain d'être le plus laid du monde. La seule façon de le savoir était de me comparer avec mon ami Fierritos qui avait gagné deux fois le trophée. Mais je n'avais pas la moindre idée de ce à quoi il ressemblait parce que sa passoire et son tapis m'empêchaient de le voir.

Alors, avant de m'endormir, j'ai imaginé deux plans : le plan A et le plan B.

Si Fierritos me laissait le regarder, j'apporterais le maquillage de ma mère au congrès et j'essaierais de me dessiner les oreilles les plus horribles et les traits les plus grotesques pour être le plus laid et gagner le concours. Voilà pour le plan A.

Il se pouvait cependant que Fierritos refuse d'enlever sa passoire devant moi. J'ai donc conçu mon plan B : au secrétariat du congrès, j'avais vu un classeur sur lequel était écrit « *congrès un et deux* ». C'était certainement là qu'on gardait les papiers et les photos des congrès antérieurs. Avec un peu de chance, la femme aux dents noires me permettrait de voir les photos du concours précédent. Je trouverais sûrement une photo de Fierritos, le gagnant incontesté jusqu'ici. Il me suffirait ensuite d'utiliser le maquillage pour me rendre plus laid que lui.

Après avoir pris quelques articles dans la boîte de cosmétiques de ma mère et les avoir cachés dans mon sac à dos, je me suis couché, épuisé.

Et j'ai dormi comme une pierre.

Le lendemain, je suis arrivé au congrès avec mon sac sur le dos. Fierritos m'attendait comme convenu. Il avait l'air détendu et quand il m'a salué, sa voix était joyeuse.

— Hier, ma mère a ouvert une bouteille de mousseux et a trinqué avec les clowns Ronco et Ranco quand elle a su qu'on était devenus amis, toi et moi.

Pendant qu'on marchait vers les classes, j'ai annoncé à Fierritos que j'avais décidé de gagner le concours des laids.

— Pour y arriver, il faut que je voie à quoi tu ressembles, parce que tu es le champion jusqu'à présent.

— Tu ne gagnerais rien à me voir. Je sais que tu n'as aucune chance de gagner.

Je lui ai alors expliqué mon plan A et je lui ai montré le maquillage de ma mère. Fierritos m'a arrêté tout de suite : les juges du concours ne permettaient aucun artifice. Ni perruque, ni peinture, ni déguisement.

— Donc, ils ne permettent pas non plus les passoires et les tapis, ai-je rétorqué.

Fierritos m'a expliqué qu'il le savait déjà et qu'il enlèverait tout ça le jour du concours.

— Alors pourquoi tu te caches?

Cette question me brûlait les lèvres depuis longtemps, mais je n'avais rien dit parce que je sentais que Fierritos ne voulait pas en parler. Cette fois, il n'a pas eu le choix de tout me raconter.

Ce n'était pas lui qui avait décidé de se cacher derrière une passoire. Il ne faisait qu'obéir aux ordres du professeur Lorenzo Li, le fameux spécialiste qui faisait des miracles en transformant l'aspect des gens. Sa mère l'avait contacté quand elle avait su que plusieurs actrices de cinéma allaient le voir et qu'après quelques heures de consultation, elles se transformaient en déesses de beauté.

Quand le professeur Li a examiné Fierritos, il a dit à sa mère qu'il doutait sincèrement que son cas puisse être récupérable, mais qu'il allait faire de son mieux.

Et il a vraiment tout essayé. Pendant des mois, la maison s'est remplie de vapeurs parfumées. Fierritos a dû se soumettre à des massages énergiques, boire des mixtures à la cannelle et au gingembre et passer des heures le visage caché sous des masques de pâte de magnolia et de jasmin.

Comme après quinze jours les résultats n'avaient rien d'encourageant, Li a proposé à la mère de Fierritos une méthode plus radicale, encore jamais expérimentée sur un être humain. Il s'agissait d'appliquer sur le corps de Fierritos une substance semblable à celle des cocons des chenilles (pour ceux qui ne le savent pas, les chenilles se cachent dans un cocon pendant plusieurs jours et quand elles le brisent, elles en sortent transformées en papillons).

Le professeur Li avait étudié pendant plusieurs années la composition des cocons et il pensait savoir ce qui transformait un ver insignifiant en un magnifique papillon aux ailes colorées. En parcourant les endroits de prédilection des papillons, il avait recueilli les substances les plus délicates avec lesquelles il avait fabriqué une pâte verte très semblable à celle qu'utilisent les chenilles pour se métamorphoser.

Le professeur Li était très ambitieux et il a confié à la mère de Fierritos : « Si ma méthode fonctionne, j'aurai été le premier à trouver la formule de la beauté éternelle. »

Mais il l'a aussi avertie que le succès n'était pas assuré. En effet, le traitement serait difficile à supporter pour un enfant. Il fallait s'enfermer dans une capsule ronde comme un ballon durant quinze jours, sans contact avec le monde extérieur. Parce que beaucoup d'espions étaient à l'affût de ses nouvelles découvertes, le professeur Li a exigé la plus stricte confidentialité : personne ne devait voir le cocon, sinon il se chargerait lui-même de le briser avant la fin du traitement.

La mère de Fierritos a demandé au professeur Li un temps de réflexion. Elle adorait son fils, mais n'était pas certaine de supporter de le voir enfermé dans un cocon comme une chenille. Puis, peu à peu, elle s'est mise à imaginer le bonheur qu'ils vivraient tous les deux si la méthode fonctionnait. Elle a enfin dit à Lorenzo Li qu'elle acceptait sa proposition. C'est seulement alors que le professeur lui a rappelé qu'il fallait absolument consulter Fierritos, le principal intéressé.

— C'est vrai, a répondu la mère de mon ami, un peu surprise.

Un jour, après le déjeuner, elle a présenté l'idée du professeur Li à Fierritos. La première réaction de mon ami a été de courir chercher un calendrier. Le traitement durait quinze jours et se terminerait donc exactement le dernier jour du congrès des laids. Le jour du concours ! Fierritos se voyait déjà sortir du cocon et susciter l'admiration de tous grâce à sa nouvelle et resplendissante beauté, pendant que les juges remettaient le trophée à un laid plus malchanceux que lui.

Et il a dit oui.

Sa mère lui a alors expliqué qu'il allait devoir se cacher parce que les espions qui surveillaient le professeur Li étaient rusés et découvriraient la nouvelle invention. Si quelqu'un voyait le cocon, Li le briserait avant l'échéance et tout le sacrifice de Fierritos aurait été inutile.

— Tu ne pourras pas aller au congrès cette année, c'est impossible, a conclu sa mère.

— Ne pas aller au congrès ?

Fierritos était disposé à faire bien des sacrifices, mais pas celui-là. L'entraînement pour ne pas gagner le concours une troisième fois était devenu sa raison de vivre. Que ferait-il tout seul, enfermé dans un cocon, sans objectif précis, sans pouvoir prouver au monde entier qu'il n'était plus le champion des laids ?

— Il faut que j'y aille, maman.

— Pas question !

La discussion aurait pu durer des jours. Heureusement, la mère de Fierritos a eu l'idée de consulter le professeur Li et c'est lui qui a trouvé la solution. Il a proposé à Fierritos une façon d'aller au congrès sans que personne découvre son secret. Premièrement, le cocon ne serait pas rond comme un ballon, mais il épouserait la forme du corps de mon ami. Deuxièmement, on le cacherait derrière un déguisement.

— C'est pour ça que je n'enlève pas ma passoire et mon tapis, a conclu Fierritos. Aie un peu de patience, tu me verras le jour du concours.

5

Le plan C

Mon plan A avait échoué : Fierritos n'avait pas voulu se montrer et ses raisons étaient très valables. Quant au plan B, même en voyant la photo de Fierritos dans les archives du congrès, je ne pourrais pas utiliser le maquillage de ma mère pour être plus laid que lui. Le règlement ne le permettait pas.

Toufefois, j'étais toujours décidé à gagner le concours, parce que je n'avais pas confiance en la méthode du professeur Li. Tout audacieuse qu'elle soit, ce n'était qu'une idée et il était très possible qu'elle ne donne aucun résultat. Depuis quand les êtres humains ont-ils la capacité de se transformer comme les chenilles ?

Je me suis imaginé la tristesse de mon ami s'il sortait du cocon aussi laid qu'avant pour recevoir le trophée une troisième fois. J'avais le sentiment que Fierritos ne le supporterait pas et que je n'avais pas d'autre choix que de gagner le concours des laids. Sans maquillage et sans déguisement, avec mon triangle de nez et mes oreilles de Dumbo, je devais battre tous les monstres que j'avais vus au congrès.

Pour la première fois de ma vie, j'ai regretté de ne pas être plus laid. C'est là, dans ce moment de désespoir, que j'ai eu une idée géniale.

Plein d'enthousiasme, je me suis mis à penser à la façon de mettre en œuvre mon plan C.

Seule la magie pouvait m'aider à gagner le concours. J'allais m'en servir pour devenir le plus laid du monde durant un jour seulement. C'était ma nouvelle idée.

Mais les pouvoirs magiques ne s'achètent pas au supermarché, je ne connaissais aucun magicien et je n'en avais pas vu au congrès. Je n'avais vu que des gorilles, des hommes sans tête et des sorcières.

— Des sorcières !

Dans les livres de contes, les sorcières peuvent transformer les princes en crapauds et, à moins que je ne me trompe, elles doivent avoir des connaissances en magie pour réussir ce tour de force. Mon plan C consisterait donc à demander à l'une d'entre elles de faire de moi le plus laid du monde pendant un jour.

Fierritos avait décidé d'entrer dans la classe R, où le thème de la discussion était « Comment se protéger des farceurs ». J'ai pensé que ce serait le moment propice pour parler à la merveilleuse sorcière Foufou, dont la mission dans le monde était de faire plaisir aux enfants. Elle pourrait certainement m'aider à devenir le plus laid le jour du concours.

Je suis donc allé à la classe S où je l'avais connue. Il n'y avait personne. Après avoir marché longtemps, j'ai vu à la cafétéria la sorcière squelettique à la robe verte avec laquelle j'avais parlé le premier jour du congrès. J'ai commencé par la saluer (j'ai appris qu'elle s'appelait María Éthel) et j'allais lui demander où je pourrais trouver Foufou la sorcière quand elle m'a devancé :

— Elle est partie à Carichouelle. Pourquoi la cherches-tu ?

Sa question laissait entendre qu'elle ne devinait pas tout ce que j'avais dans la tête, mais seulement ce que je voulais demander.

— Pour des raisons, disons, personnelles.

C'est tout ce que j'ai trouvé à lui répondre. Personne ne devait savoir que le futur champion du concours et moi étions la même personne. J'ai alors eu l'idée de lui demander si Foufou acceptait des enfants d'autres villes, mais elle a encore deviné ma question :

— Bien sûr que oui. Et même d'autres pays. Mais seuls les enfants qui se comportent mal peuvent entrer dans sa cabane, à condition d'être envoyés par leurs parents.

Après l'avoir remerciée, je suis parti en me demandant comment j'allais faire pour atterrir devant la cabane de Foufou la sorcière. Il était clair que je devais faire quelque chose d'interdit, mais même si je le faisais, mes parents n'auraient jamais l'idée de m'envoyer à la maison d'une sorcière. Au pire, ils m'enverraient dans ma chambre ou m'interdiraient le dessert. Non. Je devais trouver une autre façon de voir Foufou.

Je suis donc revenu sur mes pas et j'ai dit à María Éthel qu'il fallait que je parle de toute urgence à Foufou la sorcière. J'ai alors appris qu'elle la connaissait bien parce que c'était un des professeurs de l'école de sorcellerie où elle étudiait.

— Si tu acceptes d'être notre cobaye, viens avec moi cette nuit et avec un peu de chance, tu pourras parler à Foufou.

Je savais ce qu'était un cobaye. C'est un petit animal qu'on utilise dans les laboratoires pour faire des expériences. Par contre, je ne voyais pas bien pourquoi on employait des cobayes dans une école de sorcellerie. Bien entendu, María Éthel n'a pas attendu que je lui pose la question :

— C'est que nous, les apprentis, on ne sait pas encore faire de la magie. En classe, on apprend à transformer nos cobayes en crapauds, en couleuvres et en d'autres choses que je ne peux pas dévoiler parce qu'elles sont secrètes. Mais ne t'en fais pas, Foufou corrige nos erreurs. Tu vas sortir de là sain et sauf, avec tes deux mains, tes deux pieds et tes deux… oreilles, m'a-t-elle expliqué en les regardant de biais.

Il fallait beaucoup de courage pour accepter d'être transformé en je-ne-sais-quoi par des apprentis sorciers, mais j'ai pensé à Fierritos enfermé dans son cocon, mourant de chaleur derrière sa passoire, et j'ai accepté. Y avait-il une autre solution ?

María Éthel m'a donné rendez-vous devant chez moi, à onze heures et demie du soir, parce que les cours commençaient à minuit pile. Elle m'a assuré qu'elle était une conductrice hors pair de balai de sorcière et qu'elle m'emmènerait à Cari-chouelle sans aucune difficulté.

Comme Fierritos sortait de sa classe, j'ai remercié la sorcière et je suis allé à la rencontre de mon ami. Bien sûr, je ne lui ai pas parlé de mon plan C. Je suis certain qu'il n'aurait pas accepté l'idée de me voir transformé en un animal étrange par sa faute.

Seriez-vous capables, vous, de dormir si vous saviez que quelques heures plus tard vous voyageriez sur un balai et seriez le jouet de toute une classe de sorciers ? Moi, je n'ai pas pu fermer l'œil.

À neuf heures, j'étais déjà dans mon lit, comme chaque soir, avec le livre des mystères du règne animal, mon livre préféré à l'époque. Mais ce n'était pas un jour comme les autres pour moi. Ma mère a senti que quelque chose se passait parce qu'elle a mis sa main sur mon front pour vérifier si je faisais de la fièvre.

— Qu'est-ce que tu as ? m'a-t-elle demandé, préoccupée.

Comme je ne voulais pas lui mentir, je me suis mis à parler très vite de ce que j'avais appris dans le livre, que l'étoile de mer ouvre les moules avec ses ventouses et sort son estomac pour le mettre dans la coquille et tout dévorer. Elle m'a interrompu en me disant que je ferais mieux d'arrêter de lire, qu'il fallait dormir et que ce n'était pas le moment de m'agiter. Quand elle a éteint la lumière et m'a embrassé, j'ai senti qu'elle n'était déjà plus aussi préoccupée.

Et l'attente a commencé.

Je ne m'étais jamais aperçu que le temps était comme une gomme à mâcher. Quand mes parents me laissent jouer dehors une demi-heure avant de faire mes devoirs, j'ai l'impression que le temps passe plus vite qu'un avion supersonique. Par contre, cette nuit-là m'a paru avancer comme une tortue. J'avais l'impression que chaque minute durait un siècle et que jamais n'arriveraient onze heures et demie. À force de regarder les aiguilles phosphorescentes de l'horloge, j'en avais mal aux yeux. Pour me distraire, je me suis mis à chanter toutes les chansons que je connaissais qui commençaient par la lettre A, puis celles qui commençaient par B et ainsi de suite, jusqu'à Z.

Quand j'ai terminé, il était dix heures cinq.

Pour ne pas penser au temps qu'il restait, j'ai dressé la liste de mes animaux préférés, puis la liste des choses que je préfère, puis de celles que je déteste, et ensuite...

6

Nuit de sorcières

Je crois que je me suis finalement endormi, parce que quand j'ai regardé l'horloge, il était onze heures et quart.

— Onze heures et quart !

J'avais encore une infinité de choses à faire. J'ai bondi de mon lit, je me suis habillé et j'ai laissé une lettre à mes parents au cas où ils découvriraient ma disparition. «*Ne vous en faites pas, je vais bien et je reviens bientôt*», ai-je écrit. Ensuite, j'ai mis dans mon sac à dos une lampe de poche, un bout de papier avec les numéros de téléphone de ma mère (après tout, j'allais dans un endroit inconnu) et ma pièce de monnaie chanceuse que j'ai trouvée par terre un jour et dont toutes les lettres sont effacées.

Avant de sortir, mon estomac s'est mis à faire des nœuds et j'ai dû admettre que j'avais peur.

Une fois dans l'escalier, je me suis arrêté pour écouter. Mes parents conversaient dans leur chambre et j'ai eu envie d'ouvrir la porte pour tout leur avouer. Mais non, jamais ils ne me laisseraient sortir à onze heures et demie et c'était ma seule chance de voir Foufou.

Avec mon cœur qui battait la chamade, j'ai descendu les escaliers sur la pointe des pieds et je suis sorti.

Il n'y avait personne.

J'ai d'abord été soulagé. J'avais une bonne excuse pour retourner dans ma chambre et dormir jusqu'au lendemain. Je me rapprochais déjà de la porte d'entrée quand j'ai entendu respirer fort derrière moi : c'était María Éthel qui arrivait en courant avec son balai à la main.

— Pardon pour le retard, je n'ai pas pu arriver plus tôt parce que je ne trouvais pas mon livre d'exercices. Foufou ne nous laisse pas entrer en classe sans lui ! Ça va maintenant, je l'ai avec moi.

Avec un sourire, elle m'a montré un paquet de feuilles sales et froissées dont le titre était *L'art de la magie pour les débutants*. Ensuite, elle l'a roulé comme un parchemin et l'a mis dans son chapeau de sorcière.

— Tu es prêt ? m'a-t-elle demandé.

Je n'ai pas pu articuler un son, mais je lui ai fait oui de la tête. María Éthel a alors mis le balai entre ses jambes et m'a invité à m'asseoir derrière elle. Je me suis aussitôt installé en m'agrippant à sa cape.

— Balayon, balayo, à Carichouelle !

Quelle déception ! Je m'étais imaginé entreprenant un voyage insolite entre les nuages et les étoiles tout en regardant ma maison du haut des airs, libre et heureux. Mais non. Sachez-le, ceux qui ne l'ont jamais fait et qui en rêvent : voyager sur un balai est ce qu'il y a de plus ennuyeux au monde. Après avoir attendu quelques minutes sans bouger d'un millimètre de notre trottoir, María Éthel m'a demandé de fermer les yeux parce qu'on allait atterrir. Quand je les ai rouverts, on avait toujours les pieds collés au trottoir et le balai entre les jambes, mais les maisons autour n'étaient plus celles de ma rue. María Éthel est descendue du balai.

— Nous voilà arrivés.

Après avoir traversé la rue, on est entrés dans l'école, une maison minuscule, presque aussi petite que la niche d'un chien. Une fois à l'intérieur, il a fallu prendre un ascenseur bondé pour arriver à la classe. Foufou était là, avec ses yeux en tire-bouchon et son visage de gélatine.

— Hi hi, qui est-ce que je vois ici, María Éthel est venue accompagnée, hi hi. Et, hi hi, le livre d'exercices ? a demandé Foufou.

— Ici, a répondu María Éthel en sortant le livre de son chapeau.

Ensuite, elle a pointé vers ma poitrine un doigt osseux et interminable en disant :

— Ce garçon est mon cobaye.

Foufou a ri et a fait un geste pour nous inviter à nous asseoir.

Plusieurs des sorciers assis à leur pupitre avaient des tatouages brillants sur les joues. À part ce détail, la classe ressemblait beaucoup à la mienne : quelques élèves écoutaient le professeur pendant que d'autres se lançaient des boulettes de papier ou dessinaient sur leur table. Rien d'original, non ?

La première leçon portait sur les mathématiques. Il fallait séparer en trois flacons égaux une certaine quantité d'arsenic et d'extrait de feuilles de mandragore. Pendant cette activité, mes yeux se sont fermés parce que je n'avais pas dormi du tout cette nuit-là. Je me suis réveillé quand tout le monde s'est levé en ramassant ses livres. C'était l'heure du laboratoire. María Éthel m'a averti :

— Maintenant, on va avoir besoin de toi.

J'ai aussitôt recommencé à avoir des nœuds dans l'estomac.

On ne voyait presque rien dans le laboratoire. Un chaudron noir d'où montait une fumée violette oscillait, suspendu au-dessus d'un grand feu.

Quand tout le monde s'est installé aux tables disposées autour du chaudron, Foufou a donné des instructions, après avoir ri un moment :

— Ceux qui ont apporté, hi hi, un cobaye, mettez-le sur ma table, hi hi.

Trois sorciers se sont approchés. Le premier avait apporté un paon à la queue déplumée, le deuxième, un koala qui se grattait sans arrêt, et le troisième, un minuscule flacon contenant une mouche. María Éthel m'a demandé d'aller m'asseoir sur la table et c'est ce que j'ai fait.

— Parfait, hi hi, nous avons quatre sujets, hi hi, formons quatre équipes, a proposé Foufou.

Bien sûr, je me suis retrouvé dans l'équipe de María Éthel, mais je dois avouer que ceux qui devaient travailler avec elle ne m'inspiraient aucune confiance. J'en avais vu un faire des grimaces dans le fond de la classe et les deux autres étaient des jumeaux qui n'arrêtaient pas de se chamailler sans paraître se rendre compte de ce qu'ils faisaient là.

Après avoir ri comme si on la chatouillait, Foufou a expliqué ce qu'il fallait faire. Les apprentis devaient transformer leurs cobayes en une huître bleue très rare qui ne se trouvait que dans les eaux profondes de la mer de Girles. Pour ce faire, il fallait appliquer la formule de l'exercice trois, page trente-huit du livre.

Les jumeaux se sont tellement battus pour lire la formule qu'ils ont déchiré leur livre en deux. Moi, pendant ce temps, je digérais ma déception d'être transformé en une vulgaire huître, toute bleue et exotique qu'elle soit.

Je vous raconterais bien mes mésaventures dans le laboratoire, mais j'ai dû promettre que je ne révélerais à personne ce qui s'est passé cette nuit-là. Je vous avertis seulement que si vous voyez un jour une huître avec des pattes de chat et du poil de sanglier, c'est certainement une erreur des apprentis de l'école de sorcellerie. Que ça reste entre nous.

Après ce cours étrange que je ne pourrai jamais oublier, j'ai retrouvé mon apparence normale. Foufou a dû intervenir, parce que personne à part elle ne se souvenait de la formule qui annulait les sortilèges. Dans l'équipe de María Éthel, tout le monde parlait en même temps. Évidemment, chacun accusait l'autre de s'être trompé pendant l'exercice.

Quelques minutes après, la cloche de la récréation s'est mise à sonner. C'est alors que j'ai osé dire à Foufou que je voulais lui parler.

— Je sais, hi hi, toi aussi, tu veux que je t'invite à ma cabane, hi hi. Tous les jours, des enfants viennent à l'école me demander la même chose, hi hi.

Quand je lui ai expliqué que ce n'était pas ce qui m'intéressait, que ce que je voulais, c'était être le plus laid du monde pour une journée, j'ai cru que ses yeux en tire-bouchon allaient tomber.

— Hi hi hi hi hi hi… a été tout ce qu'elle a trouvé à me répondre, pendant que les plumes se hérissaient sur sa tête.

— C'est parce que je veux aider un ami, lui ai-je expliqué.

Et sans attendre la réponse, je lui ai parlé de Fierritos, de son désir d'aller à l'école, de sa mère, du professeur Li, du cocon, de la passoire et du tapis derrière lequel se cachait mon ami.

Foufou m'a regardé un bon moment en silence. Je crois qu'elle cherchait la meilleure façon de m'aider, mais juste à ce moment-là la cloche a annoncé la fin de la récréation et les élèves ont commencé à rentrer dans la classe. En se bouchant les oreilles parce que le bruit était très fort, elle m'a confié alors qu'elle ne connaissait rien des laids et des laideurs et qu'aucun enfant ne lui avait jamais demandé une chose pareille de toute sa vie de sorcière.

Je ne sais pas quelle expression j'avais à ce moment-là, mais elle a eu une idée :

— Mon cousin va chaque année au, hi hi, congrès des laids et il sait beaucoup de choses à propos de ça. Il s'appelle Abaléas et travaille ici à l'école. Donne-lui, hi hi, ceci de ma part.

À toute vitesse, elle a griffonné quelques mots sur un papier et me l'a donné tout en commençant son cours d'éducation morale pour sorciers.

J'ai décidé d'attendre María Éthel dehors. Une fois dans le corridor, j'ai déroulé le papier. Foufou avait écrit «*Abaléas Ochoa, sous-sol, porte 5*». Venaient ensuite deux lignes incompréhensibles en dessous desquelles la sorcière avait signé son nom. J'ai remis le message dans ma poche et j'ai regardé l'horloge : il était deux heures du matin. J'avais suffisamment de temps devant moi parce que la classe de María Éthel se terminait à trois heures et demie. J'ai donc décidé de partir tout de suite à la recherche du cousin de Foufou la sorcière.

7

Abaléas

« *Sous-sol, porte 5* », avait écrit Foufou sur son papier. Je ne savais pas à quel étage j'étais, mais j'ai décidé de ne pas prendre l'ascenseur et de descendre par l'escalier. Je suis descendu, descendu, descendu, descendu, et quand je suis arrivé au dernier étage, je me suis retrouvé face à la porte 5. Après avoir sonné, j'ai attendu un bon moment, et j'étais prêt à m'en aller quand quelqu'un a enfin ouvert la porte.

— Qui cherches-tu ? m'a demandé une petite sorcière très jeune qui portait des lunettes brunes et épaisses.

— Abaléas Ochoa.

— Quel Abaléas Ochoa ? m'a-t-elle demandé en me regardant par-dessus ses lunettes.

— Le cousin de Foufou la sorcière.

— Oui, mais lequel ? m'a redemandé la sorcière derrière sa porte à peine entre-bâillée.

Combien de cousins Foufou a-t-elle ? me suis-je demandé, intrigué.

— Celui de la porte 5, lui ai-je répondu en regardant mon papier de peur de m'être trompé.

— Oui, mais quelle porte 5 ?

C'est alors que j'ai entendu une grosse voix :

— Ça suffit, Rénata, ça fait déjà trois fois que tu fais la même blague !

La petite sorcière a répondu par un rire strident et m'a ouvert toute grande la porte. Je suis alors entré et j'ai vu un homme minuscule qui devait m'arriver aux genoux. Il avait des clés dans la main qu'il n'arrêtait pas de secouer et le poil de sa barbe lui recouvrait entièrement le visage. Il s'est approché en souriant.

— C'est moi, Abaléas, et elle, c'est ma nièce, Rénata.

Je lui ai donné le message de Foufou et j'ai jeté un coup d'œil à la pièce derrière lui. C'était un magasin bourré de flacons, de fouets, de cadenas, de capes rouges et de beaucoup d'autres objets empilés les uns sur les autres dans un désordre indescriptible. Abaléas m'a fait entrer et a crié :

— Rénata, où est le fauteuil des invités ?

— Quels invités ? a demandé la petite sorcière en riant aux larmes, pendant qu'elle jetait par terre une montagne de linge sous laquelle est apparu un fauteuil poussiéreux.

Je me suis assis dessus pendant qu'Abaléas lisait le message de Foufou.

— Lève-toi, m'a-t-il ordonné ensuite avec sa voix grave et puissante.

Et pendant un bon moment, il m'a fait tourner comme une toupie tout en dictant des paroles étranges à Rénata : *tropériques, sumatrines, carinelle avec rubis, sel de ferdérane* et d'autres mots dont je ne me souviens plus, mais qui ont beaucoup surpris la petite sorcière. Elle s'est levée et

a ouvert un des tiroirs d'un meuble déglin-
gué en disant :

— D'après ses mesures, la dose qui lui
correspond doit être ici.

Ensuite, en ajustant ses lunettes, elle
s'est mise à feuilleter un minuscule calepin
couvert de moisissures.

— La voilà !

Elle s'est penchée pour montrer une
page à son oncle.

Abaléas a alors mis un tablier et, pendant qu'il ouvrait quelques armoires pour
prendre des flacons et des instruments, il
m'a demandé pourquoi je voulais être le
plus laid de tous pendant un jour. Encore
une fois, j'ai répété l'histoire de Fierritos,
de sa mère, du professeur Li, du cocon, de
la passoire et du tapis.

— Fierritos, l'enfant le plus laid du
monde ? Celui qui a gagné deux fois le concours du congrès des laids ? a crié Abaléas,
les yeux ronds comme des soucoupes.

— Oui, on est devenus amis et je veux
l'aider.

Abaléas a ôté son tablier et a dû s'asseoir, parce qu'il tremblait comme une feuille. Puis, il a sorti un mouchoir de sa poche en respirant bruyamment.

— Rénata, mon remède. Et ne me demande pas quel remède parce que je n'ai pas le cœur à rire.

Pendant que Rénata remuait des boîtes et des objets divers pour trouver le médicament, Abaléas s'est mouché en faisant un bruit qui ressemblait à la sirène d'un bateau.

— Ne perds pas ton temps avec moi, je ne peux pas t'aider. Je n'ai aucune recette pour battre Fierritos, m'a-t-il averti en avalant les trois pilules que Rénata avait trouvées dans le fond d'un bocal à poissons.

Sans ajouter un mot, il a ouvert la porte et est sorti en courant. Rénata m'a expliqué que ce remède ne donnait des résultats que si on le digérait en courant. Si tout se passait comme prévu, son oncle reviendrait dans quelques minutes d'excellente humeur.

En attendant Abaléas, j'ai appris pourquoi il s'était mis à trembler comme une feuille : Fierritos avait, sans le savoir, ruiné sa santé et son moral.

Abaléas était capable de comprendre en quoi consistait exactement la laideur de chaque personne, un peu comme ceux qui, en goûtant un vin, reconnaissent une saveur de cerise ou de noisette. Pendant des années, il avait élaboré des recettes pour créer des laids et son travail était si original qu'il recevait souvent des demandes provenant de pays lointains. Un de ses meilleurs clients était un roi pas très beau qui avait besoin de laids pour se débarrasser de ses complexes. Et plus d'une fois, des généraux lui avaient commandé des laids pour faire peur aux ennemis en temps de guerre.

Tout allait bien jusqu'à ce qu'apparaisse Fierritos. Mon ami avait quelque chose dans sa laideur qui laissait Abaléas perplexe, un ingrédient qu'il ne connaissait pas et qu'il ne réussissait pas à reproduire.

La première fois que Fierritos a gagné le concours, Abaléas a étudié son cas pendant des semaines sans réussir à trouver l'ingrédient secret. Son échec l'a plongé dans une profonde dépression et c'est à ce moment-là qu'il a commencé à prendre ses pilules. Après de longs mois de convalescence, Abaléas s'est remis à la tâche et il a enfin trouvé le fameux ingrédient, mais son moral n'a plus jamais été le même et son médecin lui a recommandé de continuer à prendre son médicament.

— Tu lui demandes aujourd'hui quelque chose d'impossible : te rendre plus laid que Fierritos ! La laideur de cet enfant est si étrange qu'il n'y a aucune recette capable de la surpasser, dit Rénata, qui m'a paru une petite sorcière très sensée et compréhensive, malgré ses blagues agaçantes.

Un éclat de rire a interrompu notre conversation. C'était Abaléas qui revenait de sa course, heureux comme s'il avait gagné la loterie.

— Rénata, il reste encore des meringues de la fête de l'autre jour ? Ton oncle a eu une idée géniale, il faut célébrer ça !

Et, fidèle à son habitude, Rénata lui a répondu en riant, enchantée de voir Abaléas si content :

— Quel oncle ?

Rénata s'est mise à la recherche des fameuses meringues à travers toute la maison, jusqu'à ce qu'on les trouve dans le lit du sorcier, sous l'oreiller.

On s'est assis tous les trois pour manger ces délicieuses meringues aplaties pendant qu'Abaléas nous expliquait son idée.

— J'ai réfléchi à ton cas. Je crois que ce que tu veux, ce n'est pas être le plus laid du monde. Ce que tu veux vraiment, c'est que Fierritos ne gagne pas le concours pour que sa mère le laisse aller à l'école. Il y a une seule possibilité : aucune de mes recettes ne peut te rendre plus laid que Fierritos, mais je peux te fabriquer une laideur égale à la sienne.

Comme je ne débordais pas d'enthousiasme, il m'a dit que le règlement du concours n'admettait pas qu'il y ait deux gagnants et que, si le cas se présentait, les finalistes devaient rédiger un texte sur ce que signifiait la laideur pour eux.

— Parfait! ai-je crié.

Comme Fierritos ne savait pas lire, il était presque impossible qu'il sache écrire; donc, dans un cas d'égalité, je gagnerais.

Un bruit lointain, que Rénata a reconnu comme la cloche qui annonçait la fin des classes, m'a fait lever d'un bond.

— Je dois m'en aller, ai-je dit en regardant ma montre.

Il était trois heures et demie du matin.

— Donne-moi deux jours et tu auras ta potion, m'a dit Abaléas, resplendissant d'enthousiasme, pendant qu'il fouillait dans des armoires et des tiroirs, et remettait son tablier.

On s'est entendus pour se retrouver une demi-heure avant le concours devant la porte du gymnase où aurait lieu la cérémonie. Je l'ai remercié pour son aide et je lui ai dit au revoir, pendant que Rénata glissait dans mes poches les dernières meringues aplaties qui restaient.

Une fois dehors, je me suis mis à courir dans les escaliers à la recherche de María Éthel.

8

Le congrès, jour 3

Le retour en balai a été aussi inintéressant que l'aller, mais quand María Éthel m'a dit qu'elle allait changer de direction parce qu'un goéland volait vers nous et qu'on allait le frapper, j'ai commencé à comprendre qu'elle et moi, on ne faisait pas le même voyage. Pendant que je restais les pieds collés au trottoir, elle volait en plein ciel en esquivant les nuages, les étoiles et les oiseaux. Elle était du moins très concentrée et ne paraissait pas s'ennuyer du tout. C'est sûrement un privilège de sorcière auquel les gens ordinaires ne pourront jamais goûter, ai-je pensé en fermant les yeux parce que María Éthel m'annonçait qu'on allait atterrir.

Le trottoir que j'ai vu ensuite était, sans aucun doute, celui de ma rue, et il y avait là ma maison, toutes lumières éteintes. Après avoir pris congé de María Éthel, j'ai ouvert la porte et j'ai monté les escaliers sur la pointe des pieds, comme un voleur. Personne n'était entré dans ma chambre parce que mon message était encore sur l'oreiller. Rapidement, je l'ai déchiré en petits morceaux pour qu'on ne puisse pas le lire et en moins de deux secondes je me suis endormi profondément, épuisé par mes aventures.

Le jour suivant, quand j'ai retrouvé Fierritos à l'entrée du congrès, il m'a demandé si j'étais malade. Je devais avoir les yeux cernés.

— Non, j'ai mal dormi cette nuit.

Il m'a avoué que lui non plus n'avait pas dormi comme d'habitude, parce que le jour du concours approchait et qu'il attendait anxieusement de pouvoir ôter sa passoire, son tapis et surtout le cocon.

Le professeur Li l'avait averti plusieurs fois qu'il était possible que sa méthode ne fonctionne pas, mais Fierritos sentait que quelque chose avait changé dans son corps et il avait hâte de se regarder dans un miroir. Moi, au cas où, je lui ai rappelé que même si la méthode ne fonctionnait pas, il ne gagnerait pas le concours. Fierritos a ri et m'a demandé si j'avais toujours l'espoir de gagner.

— Oui, plus que jamais, ai-je dit avec un sourire énigmatique.

Mon ami allait me répondre quelque chose quand María Éthel est arrivée en courant et a sorti une bouteille bizarre de sa poche.

— Hier, j'ai oublié de te donner la potion qui efface les nuits sans sommeil. J'en prends chaque fois après mes cours à l'école des sorciers. Bois-la d'un seul coup et tu ne seras plus aussi fatigué.

Elle a poursuivi son chemin en courant sans me laisser le temps de la remercier. Fierritos m'a regardé boire le liquide brillant que contenait la bouteille.

— Toi, tu trames quelque chose.

J'ai mis quelques secondes pour lui répondre parce que tout à coup, je me suis senti très bien, comme si je m'étais reposé pendant des heures en faisant la planche dans une piscine, un jour d'été. Ensuite je lui ai parlé de mon plan, l'air de sortir d'un rêve :

— Fierritos, j'espère que tu ne t'es pas caché sous ton cocon pour rien, mais j'ai préparé une façon de gagner le concours si ton traitement ne fonctionne pas. C'est pourquoi je veux que tu me promettes que tu feras comme si tout était normal si demain tu ne me vois pas, et surtout si tu remarques quelque chose d'étrange.

Évidemment, je cherchais à préparer mon ami pour qu'il ne s'évanouisse pas en constatant qu'une copie de lui-même se présenterait au concours. Fierritos a essayé de savoir ce que j'avais derrière la tête, mais comme je refusais de lui répondre, il a fini par me promettre qu'il dissimulerait sa surprise ; arrive ce qui arrivera, et on verra ce qu'on verra.

— Je suppose que c'est pour m'aider que tu fais tout ça, mais tu me rends encore plus nerveux, a-t-il ajouté.

C'est comme ça qu'on a commencé notre troisième et dernier jour de congrès.

Je ne pensais à rien d'autre qu'à la potion qu'Abaléas me donnerait, et Fierritos parlait sans arrêt du fameux cocon et des heures qui restaient avant le concours. Chacun nageait dans son océan de nervosité quand la femme aux dents noires s'est approchée de nous avec un large sourire :

— Voilà des invitations pour que vous ameniez des amis et des membres de votre famille au concours. Il y aura une fête après, c'est ce qu'il y a de mieux au congrès.

Quand elle s'est éloignée, Fierritos m'a dit que sa mère allait venir comme chaque année, mais que cette fois le professeur Li l'accompagnerait.

— Si ta mère vient, je la présenterai à la mienne, et j'espère qu'elles vont bien s'entendre parce que j'aimerais continuer à te voir après le congrès, a-t-il ajouté.

Les mères ! Je n'y avais pas pensé. Comment allait réagir la mère de Fierritos quand elle allait me voir transformé en une copie de son fils ? Et la mienne, quand elle ne me verrait pas parce qu'elle ne pourrait pas me reconnaître ? Je dois vous avouer qu'à ce moment-là j'ai eu envie de tout abandonner, épuisé par tous ces obstacles.

— Demain, je vais enfin pouvoir respirer vraiment ! Tu ne t'imagines pas la chaleur qu'il fait en dessous de cette passoire et de ce tapis.

La phrase de Fierritos m'a fait oublier mes peurs et je me suis concentré sur lui et sur mon désir de l'aider. J'ai alors commencé à être moins nerveux en pensant que, même si nos mères s'affolaient pendant le concours, aucune ne pourrait demander des explications avant la fin. La seule chose qui importait réellement, c'était que Fierritos, avec ou sans changement

sous son cocon vert, ne gagne pas le trophée une troisième fois.

Je n'ai plus pensé à rien et je me suis mis
à profiter du dernier jour du congrès.

C'était un jour spécial parce qu'il n'y avait
plus de cours mais seulement une sorte de
grande foire pour les laids du monde entier.
Je suis d'abord allé regarder deux films où
les laids n'étaient pas toujours les méchants
de l'histoire. Ensuite, dans un bazar, j'ai
essayé des lunettes avec des yeux et une
bouche qui demandaient aux curieux :
« Qu'est-ce qu'il y a ? Vous n'avez jamais vu
une personne laide ? » Et je me suis mis sur le
visage un nid avec des œufs d'oiseau fait
spécialement pour les longs nez. Plus tard, je
suis allé voir une exposition des grandes
réalisations du siècle, où on voyait que les
génies n'étaient pas tous des chefs-d'œuvre
de beauté. Ensuite, Fierritos et moi on est
entrés dans le parc d'attraction de la foire
où, entre manèges et montagnes russes, on
a complètement oublié notre nervosité et le
fameux concours.

À la fin de ce jour-là, on s'est séparés très contents en sachant que, quoi qu'il arrive le jour suivant, on serait amis pour l'éternité.

Quand ma mère est venue m'embrasser et me dire bonne nuit, ce soir-là, je lui ai demandé de s'asseoir un moment parce qu'il fallait que je lui parle. Elle m'a regardé, l'air préoccupée.

— Qu'est-ce qu'il y a ?

— Maman, tu vas venir demain au concours ?

— Bien sûr ! Je ne le manquerais pour rien au monde. Pourquoi ?

— Tu aimerais que je gagne ?

— Tu ne peux pas gagner, tu n'es pas le plus laid du monde.

Alors, je lui ai dit que c'était possible que je gagne. Que je devais le faire pour aider mon ami Fierritos et convaincre ainsi sa mère de le laisser aller à l'école. Quelqu'un allait m'aider à me transformer. Je lui ai ensuite dit de ne pas s'effrayer si elle entendait ma voix sans me voir nulle part parce que tout redeviendrait normal après quelques heures. Elle devrait surtout calmer la mère de Fierritos, parce que ce qu'elle allait voir ce jour-là allait la faire crier d'épouvante.

À voir la tête de ma mère, j'ai compris que mes paroles n'avaient pas été très claires. Je suis certain qu'à ce moment-là, elle s'est demandé si je délirais de fièvre, parce qu'elle a encore mis sa main sur mon front. Ensuite, très calmement, elle m'a répondu :

— Je ne comprends pas un mot de ce que tu racontes, mais je ferai ce que tu me demandes. Et maintenant, il faut dormir, on parlera de tout ça demain.

Quand elle a éteint la lumière, je me suis endormi en me disant que j'avais la meilleure mère du monde.

9

Les préparatifs

Il y avait une grande agitation au congrès le lendemain. Une armée de travailleurs en salopette mettaient des guirlandes sur les murs, préparaient la piste de danse pour la fête qu'il y aurait après le concours et déchargeaient des boissons de deux camions stationnés devant la porte. Dans l'entrée, beaucoup de gens vérifiaient l'heure du concours sur un grand écriteau et quelques photographes ajustaient leurs appareils sophistiqués.

Je suis arrivé avec ma mère, frais baigné, avec les cheveux bien lustrés et, dès que j'ai vu Fierritos, je le lui ai présenté.

— Enchantée, a répondu ma mère en regardant Fierritos d'un air bizarre, parce que je ne lui avais encore rien raconté de la passoire et du tapis. J'allais parler quand une femme en chignon et souliers à talons hauts s'est approchée avec un grand sourire.

— Alors, c'est toi, l'ami de mon fils. J'avais très hâte de te rencontrer.

J'ai fait les présentations et les deux mères se sont mises à converser comme si elles avaient beaucoup de choses à se dire. Fierritos et moi on s'ennuyait un peu, alors on s'est mis à marcher et on a vu un homme chauve qui portait des lunettes noires et qui parlait dans un téléphone cellulaire. C'était le fameux professeur Li en personne. Beaucoup de gens avaient l'air de le connaître parce qu'ils le saluaient et lui demandaient des autographes, mais il leur répondait à peine, concentré sur sa conversation téléphonique.

Quand mon ami et moi on s'est retournés, on a vu que nos mères étaient encore en pleine conversation et on a décidé d'aller jeter un coup d'œil au gymnase où aurait lieu le concours. Fierritos connaissait bien l'endroit et il m'a indiqué où allait s'asseoir le jury et par où entreraient les participants. Ensuite il a regardé sa montre :

— Je suis nerveux, c'est déjà l'heure d'ôter ma passoire et mon tapis. Tu m'accompagnes ?

— Je ne peux pas, je dois attendre quelqu'un ici à la porte, lui ai-je répondu, même si je mourais d'envie de voir son cocon vert.

— Ce n'est pas grave, on se verra tout à l'heure pendant le concours, m'a-t-il dit, et il est parti en marchant le plus vite qu'il pouvait, pressé de sortir enfin de sa prison.

Je me suis mis à attendre Abaléas, en faisant les cent pas et en essayant de contrôler mes nerfs. Je regardais vers le bas, en pensant que le sorcier n'était pas plus haut que les pots de fleurs du corridor.

— Psst ! ai-je enfin entendu.

Au ras du sol, je n'ai vu personne, mais derrière une colonne de marbre du hall, j'ai reconnu les lunettes brunes de la petite sorcière Rénata, la nièce d'Abaléas. Elle s'est approchée de moi et a murmuré en regardant d'un côté et de l'autre pour s'assurer que personne ne nous écoute :

— Abaléas ne viendra pas au concours pour qu'on ne le soupçonne pas d'avoir utilisé sa magie pour toi. Voici sa potion : il faut que je te lise quelques instructions.

Elle a sorti de sa poche une petite boîte de la grosseur d'un dé à coudre qu'elle a ouverte avec ses dents. Il y avait là une pilule transparente qui contenait un liquide doré, et un petit papier que Rénata a déplié avec beaucoup de soin. Elle me l'a lu à voix basse, en me regardant de temps en temps par-dessus ses lunettes :

— « *Un : ne pas mâcher de gomme deux heures avant et deux heures après avoir avalé la pilule.* »

— Je n'aime pas la gomme.

— «*Deux : préparer un grand verre d'eau.* »

— À l'entrée, il y a une table avec du café et des verres d'eau. Je reviens.

Sans attendre la réponse, je suis parti en courant et je suis revenu très vite avec un verre qui, une fois à destination, n'avait plus que la moitié de son contenu.

— Bon, je suppose que ce sera suffisant, a dit Rénata, et elle m'a lu l'instruction numéro trois : «*signer le contrat*».

Elle a alors sorti de sa poche un papier froissé qui disait :

«*Je serai le plus laid pendant un jour, mais personne ne saura pourquoi.*
Signature :_____»

Sans rien dire, j'ai signé. Rénata a continué à lire les instructions.

— « *Quatre : ne penser à rien.* »

Ça, c'était très difficile, compte tenu de ma nervosité, mais j'ai fermé les yeux pour me concentrer à ne penser à rien.

— Ça y est, ai-je murmuré après un long moment.

— « *Cinq : Répéter ces mots : ANTETET…* »

— *Antetet…*

— « *FIREVUT…* »

— *Firevut…*

— « *FILECONSET!* »

— *Fileconset!*

— Maintenant, prends la pilule et ton verre d'eau, s'est empressée de dire Rénata.

Ça n'a pas été facile, mais pour me donner du courage, j'ai pensé à Fierritos qui devait déjà avoir quitté sa passoire et son tapis et j'ai décidé qu'il était trop tard pour reculer. J'ai donc pris une grande inspiration, j'ai bu le verre d'eau et, en fermant les yeux, j'ai avalé la pilule avec son liquide doré.

— Je m'en vais. La potion fera effet d'ici cinq minutes. Bonne chance! a murmuré Rénata.

Et la petite sorcière s'est évaporée dans l'air en me laissant seul devant la porte du gymnase.

Comme je commençais à sentir mes oreilles s'échauffer bizarrement, je suis allé à la salle de bain pour me regarder dans un miroir. À mesure que j'avançais, j'avais des sensations étranges, comme si quelqu'un me chatouillait le corps et me secouait les jambes et les bras. J'ai enfin poussé la porte de la salle de bain et je suis entré, mais j'étais tellement nerveux que j'ai renversé quelqu'un qui s'apprêtait à sortir.

C'était Fierritos sans sa passoire et son tapis, mais recouvert d'une pâte verte et dure qui devait être son cocon.

— Fierritos! Tu t'es fait mal? lui ai-je demandé en l'aidant à se relever.

Je crois qu'il n'avait pas eu le temps de voir qui était entré dans la salle de bain, parce que quand il m'a vu, il s'est mis à trembler, la bouche ouverte comme pour crier mais sans articuler aucun son.

— Qu'est-ce qu'il y a? lui ai-je demandé, et soudain j'ai compris que la pilule devait déjà avoir fait effet, parce que la chaleur et le chatouillis dans mon corps avaient disparu. Fierritos devait penser qu'il devenait fou parce que celui qui l'avait renversé était, sans aucun doute, identique à lui-même. J'ai essayé de le calmer :

— N'aie pas peur, Fierritos. Il y a une explication.

Je me suis alors regardé dans le miroir.

Comment vous expliquer ce que j'ai vu ? C'était le visage d'un enfant, mais d'une grande pâleur et recouvert de petits points rouges. Les yeux étaient magnifiques, presque noirs et comme en velours, mais ils étaient très rapprochés et collés contre le nez. Il ne pouvait pas fermer la bouche, parce qu'il en sortait des dents qui avaient poussé en désordre, ce qui lui donnait une expression permanente de surprise ou de peur. Dans le miroir, on ne voyait que les épaules et une partie de la poitrine, mais ce qui attirait l'attention, c'était qu'ils paraissaient collés par erreur à la tête, à cause de son volume disproportionné. Je crois que c'est ce qui le rend plus laid que n'importe qui d'autre, parce que ça ressemble à un casse-tête avec toutes les pièces posées à l'envers.

C'est tout ce dont je me souviens, parce que je n'ai pas pu regarder plus longtemps l'image du miroir. Fierritos continuait à trembler en répétant à voix basse : «J'ai des visions, j'ai des visions…», pendant qu'il se dirigeait vers la porte comme pour s'enfuir en courant.

Ça m'a pris beaucoup de temps pour lui faire comprendre qu'il n'était pas fou, que l'enfant qu'il voyait n'était pas lui mais moi, son ami. Que mon apparence ne durerait que quelques heures, que tout ça, c'était pour l'aider et que j'espérais gagner le concours pour que sa mère le laisse aller à l'école.

— Je reconnais ta voix, a fini par admettre Fierritos en se calmant.

Bien entendu, il a voulu savoir comment j'avais réussi à devenir comme lui, mais je n'ai pas pu lui répondre parce qu'après tout, j'avais signé un contrat. Fierritos s'est alors regardé dans le miroir :

— De toute façon, je sais que je ne suis plus le même, quelque chose s'est produit sous mon cocon. Tu verras bien que ce n'était pas nécessaire de te transformer.

Je lui ai expliqué que tout ce que j'avais fait se résumait en trois mots : au cas où. Si la méthode du professeur Li ne fonctionnait pas, j'essaierais de gagner le concours. Fierritos m'a serré dans ses bras en me remerciant pour tout ce que j'avais fait pour lui, et ensemble on a préparé ce qu'on allait raconter au jury quand il nous verrait.

Juste à ce moment, un haut-parleur a vociféré que le concours allait commencer.

L'heure de vérité était arrivée.

10

Le concours

Fierritos et moi on devait avoir vu les mêmes films d'action, parce qu'on a couru d'une colonne à l'autre pour se rapprocher du gymnase en se cachant des regards des curieux, comme deux espions. Quand on est arrivés, on a entendu la rumeur du public et on s'est regardés, un peu nerveux.

— C'est par ici, m'a indiqué Fierritos, en me montrant une porte jaune.

On est alors entrés dans une pièce qui donnait sur le gymnase, mais qui était dissimulée derrière un rideau rouge. Tout de suite, on s'est placés dans la file des participants pour attendre que la femme aux dents noires nous appelle par notre nom et nous donne un numéro. Pendant ce temps, j'ai reconnu María Éthel, le gorille, l'homme aux six pieds et Foufou la sorcière, mais bien sûr, je ne les ai pas salués pour que personne ne se rende compte que j'avais changé. De toute façon, aucun d'entre eux ne m'aurait reconnu.

Fierritos a eu le numéro 6, mais seulement après avoir répété plus de trois fois à la femme aux dents noires qu'il sortirait de son cocon quand ce serait son tour. Logiquement, j'aurais dû avoir le numéro 7, mais quand j'ai entendu mon nom et que je me suis approché de la femme, elle m'a regardé sévèrement :

— Tu n'es pas Socrate Martínez.

Oups! Je suis toujours aussi distrait! J'avais juré que je ne vous dirais pas mon nom même si je vivais cinq mille millions d'années et maintenant vous le savez. MAIS NE LE RÉPÉTEZ À PERSONNE! Je ne peux pas raconter mon histoire à tout le monde et ceux qui ne connaissent pas les détails vont penser que je suis réellement le plus laid du monde parce que j'ai gagné le concours. En fin de compte, je n'ai qu'un triangle de nez et quelques centimètres d'oreille de trop.

Malgré mon insistance, la femme est restée ferme : elle ne voulait pas me laisser participer au concours et me traitait d'imposteur. J'ai eu alors une idée :

— Si vous ne me croyez pas, appelez ma mère, elle doit être dans la salle.

Aussitôt dit, aussitôt fait. Ma mère est arrivée en courant dès qu'elle a entendu son nom dans le haut-parleur et, avant qu'elle puisse me voir, je lui ai tourné le dos et je lui ai parlé pour qu'elle reconnaisse ma voix :

— Maman, rappelle-toi ce que je t'ai demandé hier avant de dormir.

Je me suis alors tourné vers elle. Ma mère m'a regardé et elle est devenue pâle, mais quand la femme lui a demandé si j'étais bien son fils, elle a respiré profondément, s'est éclairci la voix et dans un murmure elle a dit oui. (Je suppose que vous comprenez maintenant pourquoi je pense que j'ai la meilleure mère du monde.) La femme nous a regardés tous les deux et, en ronchonnant, elle m'a donné le numéro 7. Ensuite elle s'est éloignée, furieuse, comme si elle avait tout deviné.

— Merci, maman. N'aie pas peur, c'est seulement pour quelques heures. Et n'oublie pas de calmer la mère de Fierritos, ai-je chuchoté à ma mère dans l'oreille.

— Je n'aurais jamais dû te laisser venir au congrès, a-t-elle soupiré. Tu te sens bien ?

Je lui ai juré que oui et, après m'avoir embrassé, elle est retournée s'asseoir dans la salle. Les applaudissements du public indiquaient que le concours allait commencer.

L'homme sans tête que j'avais vu le premier jour du congrès a prononcé quelques paroles de bienvenue pour lancer le concours. Ensuite, je n'ai pas écouté son discours, mais le public riait beaucoup et applaudissait parfois. Quand il a terminé, les musiciens ont souligné par un roulement de tambour que l'heure de faire entrer le premier participant était arrivée.

Avec Fierritos, je me suis approché du rideau rouge et en regardant par un trou, j'ai pu voir la participante numéro 1, une sorte de boule de poils d'où sortaient des jambes interminables. C'était la première fois qu'on la voyait au congrès et qu'on entendait son nom, Epéricandia Sulz. Les juges lui ont demandé de marcher de gauche à droite, de monter un escalier illuminé au centre de la scène et de descendre ensuite le plus lentement possible.

Ça n'a duré que cinq minutes et déjà le public saluait le participant numéro 2, un monstre fluorescent qui avait l'air nerveux et timide. Fierritos m'a expliqué que le concurrent pouvait aussi improviser une façon de se présenter. Lui-même l'avait fait la deuxième fois. Quand j'ai reporté mon attention sur ce qui se passait sur la scène, le public applaudissait déjà et le haut-parleur appelait le numéro 3. Cette fois, c'était l'homme aux six souliers de couleurs différentes. Il était venu accompagné de deux musiciens et il est entré en dansant le flamenco et en agitant les bras comme un moulin, pendant que les talons de ses souliers faisaient un bruit assourdissant.

Le numéro 4 est entré en riant : c'était Foufou la sorcière. Après avoir lancé au public des bonbons qu'elle sortait de ses poches, elle a dit qu'elle espérait que les juges auraient la délicatesse de donner le prix à un jeune, parce qu'elle était déjà très vieille et serait bientôt à la retraite. Ensuite elle a ri un bon moment et est sortie en remerciant le public pour ses applaudissements.

Je ne sais pas ce qu'a fait le numéro 5, un homme en camisole avec un bandeau sur l'œil, parce que j'ai essayé de réconforter Fierritos qui ne regardait déjà plus par le trou du rideau et attendait son tour, mort d'angoisse.

— Je suis avec toi, tout va bien aller. Rappelle-toi que j'ai une solution si le cocon n'a pas eu d'effet, ai-je murmuré pour le calmer.

Mais mon ami était déjà loin, enfermé dans ses pensées, et malgré sa nervosité, il paraissait bien décidé à affronter la réalité. Quand le haut-parleur a annoncé son numéro, il n'a pas hésité une minute et est entré sur la scène. Il s'est présenté d'une voix forte :

— Mon nom est Escrimidès Ferrizarriéga.

Un des juges, un petit vieux à la voix coulante, s'est alors levé en pointant mon ami d'un doigt accusateur :

— Tu devrais donc savoir qu'ici, on ne permet pas les déguisements.

— Ce n'est pas un déguisement, mais je l'enlèverai quand même pour participer au concours. Professeur Li, s'il vous plaît, a dit Fierritos en élevant la voix et en scrutant le public.

Le professeur Li s'est levé de sa chaise et lentement, s'est approché de la scène illuminée par les projecteurs. Sans un mot, il a sorti de sa poche un marteau et un ciseau. Ensuite, avec une voix très douce, il a averti le public que ce qu'il allait découvrir sous le cocon de Fierritos était sa création, l'œuvre la plus importante de sa vie. Très délicatement, il s'est mis à enlever de minuscules morceaux du cocon, pendant que des centaines d'yeux le regardaient dans le silence le plus absolu.

Après quelques minutes interminables, le professeur Li a fait tomber les derniers morceaux qui recouvraient le visage de Fierritos. Les deux se sont regardés, et quelque chose dans le regard du professeur a fait dire à Fierritos, le souffle court :

— Ça n'a... pas fonctionné ?

Le silence du professeur était plus qu'éloquent. Il s'est longuement épongé le front avec un mouchoir avant de murmurer prudemment :

— Je t'ai averti plusieurs fois qu'il était possible que ma méthode ne donne pas de résultats.

— Vous êtes renvoyé, a crié une voix en colère dans le public.

C'était la mère de Fierritos. Depuis ma cachette, j'ai vu que la mienne était à côté d'elle et essayait de la calmer.

— Attends, maman. Attendez tous. Je sais que je ne suis plus le même en dessous de ce cocon, s'est empressé de dire Fierritos.

Et rapidement, il s'est mis à briser la croûte verte et à sortir peu à peu de sa prison, pendant que les morceaux tombaient sur le sol avec un bruit sec.

— Je voudrais un miroir, s'il vous plaît, a demandé Fierritos.

Personne n'a bougé. L'étonnement était trop grand.

Le visage et le corps de mon ami n'avaient pas changé, pourtant il s'était produit quelque chose sous le cocon vert et c'était ce qu'on regardait tous, hypnotisés. Sur sa tête avaient poussé d'innombrables ailes de papillon de toutes les couleurs, les plus chaudes et les plus subtiles, qui resplendissaient d'un éclat incomparable. Une rumeur a secoué le public et le professeur Li s'est approché pour regarder de plus près ce phénomène prodigieux. Avec la voix pleine de larmes, il a réussi à dire :

— Ceci est, sans aucun doute, ce qu'il y a de plus beau, de plus fabuleux, que j'aie vu de ma vie.

Et sans pouvoir ajouter un mot de plus, il a serré Fierritos dans ses bras et est sorti de la scène presque en courant, étranglé par l'émotion. Le public, debout, commençait à sortir de sa léthargie et, pour manifester son émotion, a applaudi frénétiquement durant de longues minutes.

Ça a été un moment unique, mais le plus extraordinaire était encore à venir. Quand les juges ont demandé à Fierritos de s'approcher pour qu'ils puissent vérifier si ces merveilleuses ailes étaient authentiques, il a fait un pas et ses pieds se sont soulevés du sol. Mon ami a semblé perdre l'équilibre, mais tout de suite il s'est redressé et, avec un rire indescriptible, il s'est mis à voler partout dans le gymnase.

— Fierritos ! a crié sa mère dans le public.

Je crois qu'elle s'est sentie mal parce que ceux qui l'entouraient ont demandé qu'on ouvre les fenêtres. Mon ami a essayé de la calmer en lui disant que c'était le plus beau jour de sa vie et qu'elle n'avait pas à s'inquiéter pour lui. Puis, il est sorti en volant par une des fenêtres et s'est mis à faire des tours dans le ciel bleu, en riant aux éclats, pendant qu'une partie du public s'agglutinait aux vitres pour le voir.

11

Le participant numéro 7

La transformation de Fierritos avait été si extraordinaire que le public ne parlait plus que de ça et la confusion était totale. Tout le monde était debout et ceux qui avaient pu s'approcher des fenêtres commentaient en criant les allées et venues de mon ami dans le ciel, jusqu'à ce qu'il ne soit plus qu'un petit point dans le firmament. C'est alors que se fit entendre la voix rauque du haut-parleur :

— Mesdames et messieurs, un peu de calme, s'il vous plaît. Le concours n'est pas encore terminé. Nous invitons maintenant le participant numéro 7 à s'avancer, Socrate Martínez.

Je n'ai pas réagi tout de suite en entendant mon nom. L'émotion de voir Fierritos voler m'avait fait oublier que mon tour était arrivé.

— Socrate Martínez, a répété la voix.

Ça a été comme si un éclair me tombait dessus. Je suis alors sorti de ma cachette derrière le rideau et quand je me suis retrouvé devant le public, j'ai entendu que plusieurs murmuraient :

— Il est pareil à Fierritos, c'est Fierritos, celui qui a gagné le concours précédent !

— Mon nom est Socrate Martínez et c'est la première fois que je me présente à ce concours, ai-je répliqué pour éviter toute confusion.

Avec soulagement, j'ai vu que la mère de Fierritos n'était déjà plus dans la salle. La mienne devait être sortie avec elle pour l'aider à se calmer parce qu'elle n'y était pas non plus. Je me suis donc concentré sur les questions des juges, qui voulaient savoir comment il était possible que je sois identique à Escrimidès Ferrizarriéga, que tout le monde appelait Fierritos, le champion des deux concours précédents.

J'avais préparé ma réponse avec Fierritos quand on s'était vus dans la salle de bain. On avait décidé de ne pas mentir, mais on ne pouvait pas non plus tout révéler parce que j'avais signé un contrat avec Abaléas et que j'étais décidé à respecter mes engagements.

— Je ne suis pas identique à Fierritos, ai-je alors ajouté, ce qui était entièrement vrai.

Premièrement, l'aspect de mon ami avait changé et tout le monde pouvait le constater. Deuxièmement, être identique ne signifiait pas seulement pour moi avoir les mêmes petits points rouges sur le visage et les mêmes dents en désordre, mais aussi penser et réagir comme lui. Or, j'étais certain que Fierritos et moi on ne pensait pas la même chose et, donc, à mon avis, on ne pourrait jamais être identiques.

Ma réponse en a fait protester quelques-uns qui me traitaient d'imposteur et de menteur. D'autres ont proposé d'éliminer ma candidature du concours, et beaucoup de ceux qui attendaient leur tour en file derrière le rideau sont sortis de leur cachette pour appuyer la proposition.

— Qu'on apporte une photo du gagnant de l'année dernière, a ordonné un des juges en voyant que le tumulte s'intensifiait.

La femme aux dents noires a donné des ordres à son assistant, qui est sorti en courant du gymnase.

Pendant qu'on attendait tous le retour de l'assistant, on a entendu un bruit à la fenêtre. C'était Fierritos qui revenait de son voyage dans le ciel et qui, après avoir fait quelques tours, a atterri à côté de moi. Dans un murmure, il m'a dit :

— Un tout petit homme que j'ai vu dehors m'a donné ça pour toi, au cas où tu aurais des problèmes. Il s'appelle Abaléas, je crois, et il ne veut pas entrer.

Il a sorti un papier de sa poche : c'était le règlement du concours. Je lui ai alors expliqué qu'on discutait de ma participation parce qu'on m'accusait d'être un imposteur.

— Socrate est mon ami et je vous assure qu'il n'a jamais rien fait de malhonnête qui puisse l'empêcher de participer au concours, a affirmé Fierritos en regardant le public.

Il a dû se rendre compte que personne ne l'écoutait parce que tous les yeux ne faisaient que contempler, ensorcelés, le fabuleux spectacle de ses ailes multicolores.

— Je crois que je vais aller voir comment va ma mère. Continue, toi, m'a demandé Fierritos.

Il s'est ensuite dirigé vers la porte en volant et tous les regards l'ont accompagné jusqu'à ce qu'il disparaisse enfin.

Je me suis éclairci bruyamment la voix avec l'intention de faire revenir le public à la réalité. Plusieurs me regardaient déjà, mais d'autres tardaient un peu à réagir.

— Mesdames et messieurs, on m'accuse d'être un imposteur parce que je suis identique à Fierritos. Je réaffirme que je ne le suis pas. Mais même si je l'étais, participer à ce concours et vouloir le gagner est mon droit le plus légitime. Lisons le règlement, ai-je proposé, en cherchant sur ce papier que je n'avais jamais lu l'article qui spécifiait ce qu'il fallait faire quand il y avait deux gagnants ex-æquo.

Le public me regardait chercher le fameux article, guettant le moment de réagir si je me trompais. Le poids de ces regards sur moi était lourd et le papier tremblait dans mes mains, mais j'ai enfin trouvé l'article 11 de la page 5 et j'ai lu :

— «*Article 11.*

Si deux participants réunissent les mêmes caractéristiques physiques et qu'il soit par ce fait difficile de déterminer lequel sera le gagnant, le jury exigera de chaque candidat qu'il exprime par écrit ce que signifie, pour lui, être laid.»

Pendant ce temps, l'assistant de la femme aux dents noires est arrivé avec une photo de Fierritos de l'année précédente. Chaque juge l'a examinée attentivement en m'observant et en me comparant avec le garçon représenté sur la photo.

— Il n'y a pas de doute, ils sont pareils ! s'exclamaient l'un après l'autre les juges et même les curieux qui se tordaient le cou pour voir la photo.

— On était pareils, messieurs les juges. Je n'ai pas d'ailes de papillon sur la tête, moi, ai-je répliqué. Je ne vois donc pas pourquoi vous voulez m'interdire de participer à ce concours. De toute façon, l'article 11 est clair : il est possible que deux participants soient identiques, mais ils doivent écrire un texte grâce auquel le jury prendra une décision.

Tout ça peut paraître très simple, mais pour les gens qui étaient sur place, ce ne l'était pas. C'était la première fois qu'une situation pareille compliquait le choix d'un gagnant. Les discussions ont été interminables, les arguments en ma faveur et contre moi se succédaient sans fin. Alors, fatigué de tant de mots inutiles, je me suis mis en colère.

D'habitude, je suis plutôt timide, mais la situation me paraissait intolérable et j'ai parlé sans arrêt durant un bon moment. Je leur ai fait voir à tous que si on était là, dans ce congrès des laids, c'était parce qu'à un moment ou un autre de nos vies quelqu'un nous avait fait sentir qu'on était dans la catégorie des défavorisés. Qu'aucun congrès ni aucun concours n'allait changer les regards des curieux dans la rue, les rires des individus peu aimables, la compassion qu'on inspire parce qu'on n'est pas comme les autres. Et que ce concours était aussi stupide que les concours de beauté qu'on voit à la télévision, parce qu'ici aussi l'important était ce que les gens paraissaient être et non ce qu'ils étaient réellement. Et qu'à cause de ce stupide concours, mon ami Fierritos avait passé quinze jours à mourir de chaleur sous un cocon, enfermé dans un tapis avec le visage couvert d'une passoire. Et que je n'avais pas lu tout le règlement, mais que j'étais certain que dans aucun des vingt-

quatre articles on ne considérait la détermination de mon ami, sa force de volonté
et son courage. Enfin, que même s'ils ne
s'en rendaient pas compte, c'était à cause
de gens qui ne s'intéressent qu'à l'apparence des autres, exactement comme eux
tous, que la mère de Fierritos ne voulait
pas l'envoyer à l'école.

— Gardez votre trophée, de toute
façon, il ne m'intéresse plus, ai-je ajouté en
terminant.

Avant de descendre de la scène, j'ai
froissé le papier du règlement. Puis, je me
suis dirigé vers la porte. Le silence était de
nouveau écrasant. Soudain, on a entendu
quelques applaudissements timides et
presque respectueux, qui ressemblaient à
ceux que j'ai entendus un jour à l'enterre-
ment de mon oncle Luis. Comme à travers
un épais brouillard, j'ai réussi à voir ma
mère, le professeur Li et la mère de
Fierritos dans l'assistance, mais j'avais seulement envie d'ouvrir la porte et de sortir
en courant.

Bien sûr, je ne suis pas allé à la fête qui a eu lieu après le concours. Tout ce que je voulais, c'était me réfugier dans ma chambre et retourner à ma vie d'avant le congrès. Je savais bien que mon apparence avait changé, mais ce n'était qu'une question d'heures et tout reviendrait à la normale.

Quand ma mère est revenue à la maison, elle a eu la délicatesse de ne faire aucun commentaire et tout le monde s'est efforcé de passer un après-midi normal. Mon père, qui savait déjà ce qui s'était passé, ne m'a parlé de rien non plus et m'a proposé de jouer aux échecs avec lui. Ensuite, on a décidé tous les trois de regarder un bon film d'extraterrestres en mangeant des pizzas devant la télévision.

À l'heure de dormir, j'ai mis mon pyjama et j'ai réussi la prouesse de me brosser les dents sans me regarder dans le miroir. Je me suis aussi efforcé de ne penser à rien de sérieux : quand je me souvenais de ce qui s'était passé, je me mettais à imaginer une plage de sable fin ou le sommet d'une montagne d'où on voyait tout l'univers. C'est comme ça que j'ai réussi à être moins triste que je l'étais.

Je n'ai pas eu de difficulté à m'endormir, épuisé.

12

Pas de trace de Fierritos

Quand j'ai ouvert les yeux le lendemain, je me suis touché les oreilles et j'ai senti qu'elles étaient redevenues les miennes. Le miroir m'a confirmé ensuite que j'avais récupéré mon aspect normal et je me suis senti heureux de voir le cher et bon vieux triangle de trop que j'avais sur le nez. Tout était redevenu comme avant.

Pendant le déjeuner, mes parents faisaient comme si rien ne s'était passé. Je leur ai dit que ce n'était pas nécessaire de faire semblant, que je m'étais calmé et que je voulais avoir des nouvelles de mon ami. Alors ma mère m'a serré dans ses bras en me disant qu'elle était contente de voir de nouveau mon vrai visage. Ensuite, elle a ouvert une des armoires de la cuisine pour me montrer un trophée.

— Ce matin une délégation du congrès est venue te porter ça.

C'était une espèce de monstre de métal sur lequel on avait gravé mon nom, en spécifiant que j'étais le champion des laids de cette année-là. Je l'ai à peine regardé.

— Je leur avais pourtant dit que ça ne m'intéressait pas de gagner.

Mon père m'a raconté qu'on avait parlé du congrès à la radio. Certains juges avaient démissionné en plein concours, semble-t-il, et les participants étaient partagés entre ceux qui voulaient continuer le concours et ceux qui voulaient l'abolir. Les journaux parlaient d'un scandale qui s'était produit pendant le concours et dont on ne savait presque rien.

— Et Fierritos ? ai-je demandé.

— Avant de quitter le congrès, je l'ai vu avec sa mère et le professeur Li devant une bande de photographes, s'est rappelé ma mère.

Je lui ai demandé si elle avait l'adresse ou le numéro de téléphone de Fierritos, mais elle m'a dit que non. Comme je ne les avais pas non plus, j'ai pensé que j'avais perdu sa trace et que je ne le reverrais plus jamais. Mon père a eu une idée :

— C'est très facile de savoir où vit Fierritos. On peut appeler le secrétariat du congrès et demander son adresse.

Quand il l'a fait, toutefois, on lui a répondu que c'était confidentiel et qu'on ne donnait jamais cette information.

Ma mère a alors suggéré de consulter l'annuaire téléphonique, puisqu'on savait que son nom de famille était Ferrizarriéga. Trois personnes avaient le même nom de famille : Benito, Violeta Maria et Ceruleano. J'ai appelé les trois, mais aucun ne connaissait Escrimidès et le nom de Fierritos ne leur disait rien. Ma mère a supposé que Ferrizarriéga devait être le nom de famille du père et que, comme il n'était plus là, ce devait être le nom de la mère qui était dans le bottin. Le problème était qu'on ne le connaissait pas.

— Alors, appelons le professeur Li. Lui, il ne refusera pas de nous donner le numéro de téléphone, a proposé mon père.

Ça a été très facile de trouver le numéro de Lorenzo Li parce que, dans le bottin, il y avait une énorme annonce qui le présentait comme le maître détenant les clés de la beauté. Quand on a essayé de l'appeler, les six lignes de téléphone étaient occupées. Les ailes de Fierritos devaient l'avoir transformé en vedette et tout le monde était probablement en train d'essayer de lui parler ou de l'interviewer. On est donc allés à sa clinique et, effectivement, d'innombrables caméras de télévision attendaient devant la porte fermée que le professeur Li apparaisse. En voyant mon découragement, ma mère a essayé de me consoler :

— Fierritos est ton ami et il va essayer lui aussi de te retrouver.

Il me restait cet espoir. Mais ce n'était pas pour moi d'un grand réconfort.

Les trois semaines de vacances qu'il me restait avant de retourner à l'école ont été ennuyeuses et tristes. Deux fois, je suis allé marcher près de l'édifice du congrès pour chercher des indices, avec le vague espoir que je rencontrerais Fierritos par là. Sans succès.

Tout ce qu'il me restait de lui était une photo tirée d'un journal, où on le voyait avec sa mère et le professeur Li, souriant sous sa chevelure de papillons. Je l'ai collée sur le mur, à côté de mon lit, et j'ai pris l'habitude de la regarder un bon moment avant de m'endormir. Pourquoi n'essayait-il pas de me revoir ? Il était peut-être aussi triste que moi de ne pas me trouver.

En regardant cette photo en noir et blanc, j'ai eu une idée, la seule qui m'ait donné un léger espoir de revoir mon ami : apprendre le plus de choses possibles sur les papillons pour aller vers eux et, peut-être, comprendre ainsi où Fierritos pouvait vivre, être ou... voler.

Une réelle passion s'est éveillée en moi. J'ai passé des heures à lire des encyclopédies et à observer des papillons dans les musées d'histoire naturelle. J'ai appris les couleurs et les formes de chaque espèce, les particularités de chaque chenille, les fleurs préférées des papillons blancs, des bleus, des monarques. En quelques semaines, je me suis converti en un fanatique des papillons au point de ne plus parler que d'eux et de ne voir aucun intérêt à tout ce qui n'a pas des antennes et des ailes de couleur.

Mes parents devaient être préoccupés, mais ils l'ont assez bien caché. Ils se disaient sans doute que c'était un mauvais moment à passer et ils m'ont laissé le vivre avec intensité. De toute façon, ils savaient que l'école allait commencer bientôt et que j'allais m'intéresser à autre chose.

C'est ce qui s'est passé. Je suis retourné à l'école, j'ai recommencé à jouer avec Ignace et Nicolas, mes amis de toujours, et j'ai dû faire des devoirs de mathématiques, de français et de géographie. Tous les jours, je pensais à Fierritos en regardant la photo à côté de mon lit, mais je souffrais moins de ne pas avoir de ses nouvelles. J'avais dorénavant ma passion pour les papillons, et mon père m'avait même promis de m'emmener au Mexique, où les papillons monarques du Canada vont passer l'hiver, s'installant tous ensemble sur les arbres.

À l'école, tout le monde connaissait ma nouvelle passion, ce qui faisait qu'on se moquait moins de mon nez et de mes oreilles. Plusieurs enfants me consultaient sur le nom et les mœurs des papillons qu'ils voyaient dans leur jardin, et c'est ainsi que mes connaissances sont venues aux oreilles du directeur. Après m'avoir parlé, il a eu l'idée d'organiser des conférences où les enfants présenteraient eux-mêmes les sujets qui les intéressaient.

J'ai préparé la mienne avec enthousiasme et ça s'est très bien passé : je ne me suis pas trompé une seule fois et j'ai su répondre à presque toutes les questions du public. Mes parents y ont assisté et ils ont été très fiers quand ils ont vu que la presse, attirée par ce projet scolaire original, était présente et qu'on allait parler de moi dans le journal.

13

Un coup de téléphone inattendu

Le jour suivant, il était déjà très tard et je me préparais à aller dormir quand le téléphone a sonné. Ma mère a répondu et, en voyant son excitation, j'ai su que c'était un appel hors du commun. Elle m'a alors appelé d'une voix étrange :

— Socrate, c'est pour toi.

C'était Fierritos. Il ne me l'a pas dit, mais j'ai reconnu sa voix tout de suite. Presque sans respirer, il m'a raconté que sa mère avait vu ma photo dans le journal et qu'elle avait fait l'impossible pour trouver le numéro de téléphone de mon école et obtenir le mien.

— Ça fait longtemps que je te cherche, a-t-il ajouté.

— Moi aussi, lui ai-je répondu.

— J'ai cherché ton numéro de téléphone dans le bottin, mais il y a plus de sept pages de Martínez !

Tout à coup, on est devenus timides, et on est restés silencieux comme si on n'avait rien d'autre à se dire. Finalement, on s'est entendus pour se voir le jour suivant dans un parc, à trois heures et demie, après l'école.

— Moi aussi, je vais à l'école, m'a-t-il annoncé.

J'ai pris soin de noter son numéro de téléphone pour ne pas perdre sa trace une deuxième fois. Et après s'être dit à demain, on a raccroché comme si on n'avait jamais cessé de se voir.

— Fierritos va à l'école maintenant, ai-je expliqué à ma mère qui me regardait en mourant d'envie de tout savoir.

Je n'ai pas pu lui en dire plus et je suis allé dans ma chambre.

J'ai beaucoup rêvé cette nuit-là. Pour la première fois après tant de semaines, je me suis vu au congrès des laids et dans la cabane de Foufou. J'ai fait aussi un cauchemar où le gorille de la classe C criait avec sa figure tout près de mes yeux pendant qu'un monstre à deux têtes me secouait énergiquement tout le corps et qu'un tambour battait sans s'arrêter. J'ai eu tellement peur que j'ai fini par ouvrir les yeux, en me bouchant les oreilles parce que je continuais à entendre le tambour.

Mais ce n'était pas un tambour. Le bruit venait de la fenêtre. Quand j'ai allumé la lumière, j'ai vu mon ami Fierritos, resplendissant sous ses ailes de papillon, qui frappait sur la vitre pour que je le fasse entrer dans ma chambre. J'ai été tellement surpris que j'ai mis un certain temps à lui ouvrir.

— Fierritos !

— Je n'ai pas pu attendre jusqu'à demain à trois heures et demie.

On s'est jetés dans les bras l'un de l'autre, heureux de se revoir enfin.

Épilogue

Vous raconter tout ce qu'on s'est dit cette nuit-là, Fierritos et moi, serait impossible. J'ai su, entre autres, qu'après sa transformation, il était devenu très célèbre et qu'il avait dû se cacher pendant des mois pour éviter les photographes et les curieux. Le harcèlement était si insupportable que sa mère et lui ont décidé d'aller à Almatra, un pays très lointain, pour se faire oublier. Là, Fierritos a accepté qu'un professeur lui montre à lire et à écrire, parce que son objectif était d'aller à l'école dès qu'il rentrerait à la maison. Il ne voulait pas qu'on l'envoie à la maternelle à son âge ! Comme il n'avait rien à faire dans cet endroit inconnu, Fierritos a lu des bibliothèques entières de livres d'aventure et il s'est mis à faire des expériences avec les feuilles et les fleurs qu'il découvrait dans le jardin de sa maison. Au retour, il a dû se résigner à cacher ses ailes de papillon sous un chapeau pour passer inaperçu.

— On dirait bien que mon destin est de me cacher, a-t-il soupiré.

Il a ajouté que ça ne le dérangeait pas beaucoup parce que, grâce à ses ailes de papillon, il pouvait sortir la nuit et voler jusqu'à des endroits secrets.

Quand ma mère est venue me réveiller le jour suivant et qu'elle a vu Fierritos endormi sur le plancher, elle a failli faire une syncope. Elle a appelé tout de suite la mère de mon ami pour qu'elle ne s'inquiète pas. Ce jour-là, personne n'est allé à l'école. On a passé une journée merveilleuse à se raconter beaucoup de choses, et Fierritos m'a invité chez lui pour qu'on puisse jouer ensemble dans son château médiéval et se balancer sur les lianes de la jungle qui étaient dans son jardin.

Aujourd'hui, on est toujours les meilleurs amis du monde et notre vie s'organise tranquillement. Fierritos a convaincu sa mère de le changer d'école et elle a réussi à le faire inscrire dans ma classe. Pendant la récréation, on est inséparables et mes amis Ignace et Nicolas se sont vite habitués à jouer à quatre.

Fierritos connaît les papillons autant que moi. Et quand les autres enfants nous demandent pourquoi ces bestioles nous intéressent tellement, on répond en riant :

— Ça doit être parce qu'on est laids !

Je parie que vous êtes les seuls à comprendre.

Table des matières

MEMBRE DU GROUPE SCABRINI

Québec, Canada
2007